国际大奖小说
纽伯瑞儿童文学奖金奖

在怪奶奶家的那一年

A Year Down Yonder

[美]理查德·派克 / 著

方晓青 / 译

天津出版传媒集团

新蕾出版社

图书在版编目（CIP）数据

在怪奶奶家的那一年 /（美）理查德·派克
(Richard Peck) 著；方晓青译. -- 天津：新蕾出版社，
2023.1
（国际大奖小说）
书名原文：A YEAR DOWN YONDER
ISBN 978-7-5307-7404-5

Ⅰ.①在… Ⅱ.①理…②方… Ⅲ.①儿童小说-中篇小说-美国-现代 Ⅳ.①I712.84

中国版本图书馆 CIP 数据核字(2022)第 156518 号

Copyright © 2000 by Richard Peck.
First published in the United States by Dial Books for Young Readers, a division of Penguin Putnam, Inc., under the title A YEAR DOWN YONDER.

Chinese translation rights arranged with Sheldon Fogelman Agency, Inc.
Simplified Chinese translation copyright © 2022 by New Buds Publishing House (Tianjin) Limited Company
ALL RIGHTS RESERVED
津图登字：02-2020-302

书　　名	在怪奶奶家的那一年　ZAI GUAI NAINAI JIA DE NA YI NIAN
出版发行	天津出版传媒集团 新蕾出版社 http://www.newbuds.com.cn
地　　址	天津市和平区西康路 35 号（300051）
出 版 人	马玉秀
电　　话	总编办(022)23332422 发行部(022)23332351　23332679
传　　真	(022)23332422
经　　销	全国新华书店
印　　刷	天津新华印务有限公司
开　　本	880mm×1230mm　1/32
字　　数	60 千字
印　　张	5
版　　次	2023 年 1 月第 1 版　2023 年 1 月第 1 次印刷
定　　价	28.00 元

著作权所有，请勿擅用本书制作各类出版物，违者必究。
如发现印、装质量问题，影响阅读，请与本社发行部联系调换。
地址：天津市和平区西康路 35 号
电话：(022)23332677　邮编：300051

一辈子的书

◎梅子涵

◆亲近文学◆

  一个希望优秀的人,是应该亲近文学的。亲近文学的方式当然就是阅读。阅读那些经典和杰作,在故事和语言间得到和世俗不一样的气息,优雅的心情和感觉在这同时也就滋生出来;还有很多的智慧和见解,是你在受教育的课堂上和别的书里难以如此生动和有趣地看见的。慢慢地,慢慢地,这阅读就使你有了格调,有了不平庸的眼睛。其实谁不知道,十有八九你是不可能成为一个文学家的,而是当了电脑工程师、建筑设计师……可是亲近文学怎么就是为了要成为文学家,成为一个写小说的人呢?文学是抚摸所有人的灵魂的,如果真有一种叫作"灵魂"的东西的话。文学是这样的一盏灯,只要你亲近过它,那么不管你是在怎样的境遇里,每天从事怎样的职业和怎样地操持,是设计房子还是打制家具,它都会无声无息地照亮你,使你可能为一个城市、一个家庭的房间又添置了经典,添置了可以供世代的人去欣赏和享受的美,而不是才过了几年,人们已经在说,哎哟,好难看哟!

谁会不想要这样的一盏灯呢?

◆ **阅读优秀** ◆

文学是很丰富的,各种各样。但是它又的确分成优秀和平庸。我们哪怕可以活上三百岁,有很充裕的时间,还是有理由只阅读优秀的,而拒绝平庸的。所以一代一代年长的人总是劝说年轻的人:"阅读经典!"这是他们的前人告诉他们的,他们也有了深切的体会,所以再来告诉他们的后代。

这是人类的生命关怀。

美国诗人惠特曼有一首诗:《有一个孩子向前走去》。诗里说:

有一个孩子每天向前走去,

他看见最初的东西,他就变成那东西,

那东西就变成了他的一部分……

如果是早开的紫丁香,那么它会变成这个孩子的一部分;如果是杂乱的野草,那么它也会变成这个孩子的一部分。

我们都想看见一个孩子一步步地走进经典里去,走进优秀。

优秀和经典的书,不是只有那些很久年代以前的才是,只是安徒生，只是托尔斯泰，只是鲁迅；当代也有不少。只不过是我们不知道，所以没有告诉你；你的父母不知道，所以没有告诉你；你的老师可能也不知道，所以也没有告诉你。我们都已经看见了这种"不知道"所造成的阅读的稀少了。我们很焦急，所以我们总是非常热心地对你们说，它们在哪里，是什么书名，在哪儿可以买到。我就好想为你们开一张大书单，可以供你们去寻找、得到。像英国作家斯蒂文生写的那个李利一样，每天快要天黑的时候，他就拿着提灯和梯子走过来，在每一家的门口，把街灯点亮。我们也想当一个点灯的人，让你们在光亮中可以看见，看见那一本本被奇特地写出来的书，夜晚梦见里面的故事，白天的时候也必然想起和流连。一个孩子一天天地向前走去，长大了，很有知识，很有技能，还善良和有诗意，语言斯文……

同样是长大，那会多么不一样！

◆ **自己的书** ◆

优秀的文学书，也有不同。有很多是写给成年人的，也有专门写给孩子和青少年的。专门为孩子和青少年写文学书，不是从古就有的，而是历史不长。可是已经写出来的足以称得上琳琅和灿烂了。它可以算作是这二三百年来我们的文学里最值得炫耀的事情之一，几乎任何一本统计世纪文学成就的大书里都不会忘记写上这一笔,而且写上一个个具体的灿烂书名。

它们是我们自己的书。合乎年纪,合乎趣味,快活地笑或是严肃地思考,都是立在敬重我们生命的角度,不假冒天真,也不故意深刻。

它们是长大的人一生忘记不了的书,长大以后,他们才知道,原来这样的书,这些书里的故事和美妙,在长大之后读的文学书里再难遇见,可是因为他们读过了,所以没有遗憾。他们会这样劝说:"读一读吧,要不会遗憾的。"

我们不要像安徒生写的那棵小枞树,老急着长大,老以为自己已经长大,不理睬照射它的那么温暖的太阳光和充分的新鲜空气,连飞翔过去的小鸟,和早晨与晚间飘过去的红云也一点儿都不感兴趣,老想着我长大了,我长大了。

"请你跟我们一道享受你的生活吧!"太阳光说。

"请你在自由中享受你新鲜的青春吧!"空气说。

"请你尽情地阅读属于你的年龄的文学书吧!"梅子涵说。

现在的这些"国际大奖小说"就是这样的书。

它们真是非常好,读完了,放进你自己的书架,你永远也不会抽离的。

很多年后,你当父亲、母亲了,你会对儿子、女儿说:"读一读它们,我的孩子!"

你还会当爷爷、奶奶、外公和外婆,你会对孙辈们说:"读一读它们吧,我都珍藏了一辈子了!"

一辈子的书。

致塔尔伯特一家——

莫和马克,莫莉和杰

目 录

序　幕　　　　　　　　　　　　1

第一章　芝加哥来的大小姐　　　3

第二章　山核桃与南瓜　　　　　22

第三章　杂烩汤　　　　　　　　42

第四章　马槽里的怪事　　　　　60

第五章　茶会的特别嘉宾　　　　81

第六章　危险人物　　　　　　　103

第七章　随风而逝　　　　　　　126

从此以后　　　　　　　　　　　142

译后记　　　　　　　　　　　　144

序　幕

那是一个九月的早晨，暮夏的薄雾弥漫着——如今这么多年过去了，记忆中也仿佛轻雾缭绕。妈妈送我来到芝加哥迪尔伯恩火车站。因为带着行李箱，我们雇了辆出租车，送完我，她会搭地铁回家。她的口袋里拿不出一枚多余的硬币，而我的口袋里拿不出第二块三明治。那张火车票已经叫我们不名一文了。

小箱子里塞着我所有的衣服，还有两三件我能穿的妈妈的旧衣服。"要是你能长得慢点儿就好了。"妈妈叹了口气说，"不过，幸好今年流行短裙。"

我们俩都有点儿不好意思看彼此的眼睛。我十五岁了，正野草似的疯长。复活节才买的凉鞋已经有些顶脚了。

车站里竖着一块广告牌，上面写着：

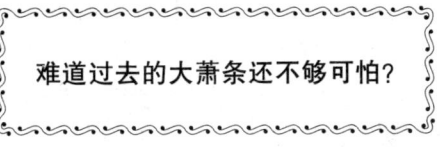

难道过去的大萧条还不够可怕？

这让我们想起以前那些艰难的日子。可是，现在，1937年又来

了一场"大衰退"。爸爸失业了,我们只好从原来的房子里搬出来。他和妈妈租了一间小公寓,房租一周七块钱,有独立厨房,但只够他们两个人住。

哥哥乔伊进了国民自然资源保护队,去西部种树,扔下我——玛丽·爱丽丝一个人在家。如果我早两年出生,如果我是个男孩子,那该多好。真希望我是乔伊。

但我不是。所以我只能去奶奶家,等家里情况好转了再回来;所以我不得不离开学校,不得不去奶奶住的那个乡下小镇上学。

我得和奶奶住。不用说,那儿没有电话。阁楼上又闷又热又吓人,还得跑到屋子外面去上茅房。那儿简直不是现代社会,所有东西都跟奶奶一样老,有些甚至比她还要老。

火车快进站了。我的眼前有点儿模糊。以前暑假,都是乔伊和我一起去奶奶家,而现在,只有我一个人。当然,还有一个人会在旅程的终点等我——奶奶。

临别时,妈妈轻轻抱了我一下。我听见她低声说:"你去那儿总比我去好。"

那儿是指奶奶家。

第一章
芝加哥来的大小姐

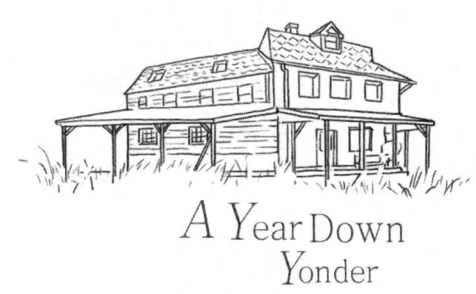

终于,瓦巴西铁路公司的蓝鸟列车喷出一股长长的蒸汽,驶进了奶奶住的小镇。唉,我不由得可怜起自己来!那块三明治还噎在我的喉咙里,就因为我拿不出一角钱去买汽水。这火车上就连汽水都要一角钱一瓶。

箱子已经被扔出行李车厢,躺在站台上。我孤零零地站在那儿,身边只有布茜和我的收音机。

布茜是我的小猫,它每只爪子上都有一撮可爱的白毛。说起来它还是在这里出生的。两年前的暑假,它还很小,现在已经长大,但就是瘦得要命。一路上它就待在野餐篮里,不停地乱抓。它和我一

样,不喜欢这次旅行。

我的另一只手上提着一台收音机。飞科牌,带皮套和手柄的。那个年代的手提收音机足有10磅①重。

火车驶远了,我这才看见奶奶走上站台。天哪,她的块头真叫大。我都快忘了。为了遮挡正午的烈日,她撑着一把骨架又密又长的大伞,这让她看上去又高了不少。她的白头发拢在脑后绾成了一个大髻,却还是有一蓬发丝不听话地钻出来。她走到我面前,我只觉得天一下子暗了下来。

她才不是一个热情的人,根本不会想到拥抱。既然她不张开双臂,我也就没有怀抱可以投奔了。

没人告诉奶奶今年流行的是短裙,她的裙摆一直拂到了脚面。这条裙子我认得,每次上街,她都会穿它。虽说我比上次来的时候大了两岁,也高了不少,可她才不会提这些小事。突然,她发现野餐篮动了一下,便问:"里面装着什么?"

"布茜,"我答道,"我的小猫。"

"哼,好家伙,"奶奶说,"又多了一张嘴。"她努了努嘴,把脑袋朝我的另一只手歪了歪:"那又是什么?"

---

① 1磅约为453.59克。

"我的收音机。"但对我来说,那可不仅仅是一台收音机,而是我和这个世界最后的联系。

"正好我们需要——"奶奶看了看天,"噪声。"

她扬起下巴,朝站台那边一指:"你的?"她说箱子呢。那是爸爸当年参加第一次世界大战时用过的军用箱。

"别管它,"她说,"他们会替我们送到家的。"说着,她一转身,慢吞吞地走了,我当然得跟上。箱子就这样被留在那儿,我都怀疑还能不能再见到它。要是在芝加哥火车站,它可无法在站台上待这么久。我打定主意,反正说什么也不能让人把布茜和收音机从我身边夺走。

奶奶住的小镇在1937年的经济衰退中受到重创,这儿的情况比芝加哥糟糕得多。大街上到处是野草,咖啡馆里只有稀稀拉拉的几个客人,摩尔商店生意惨淡,威登巴赫银行门可罗雀。

奶奶穿过杂草丛生的大街,一拐弯,朝她家的反方向走去。人行道上趴着两条瘦骨嶙峋的老狗,篮子里的布茜察觉到了,乱动起来。我手里的收音机仿佛更重了。

我追上奶奶:"我们这是去哪儿?""去哪儿?"她惊讶地说,"去上学呗。你已经缺课两个星期了。"

"什么?!"要不是两只手都占着,我非要双手抱头不可,"我才刚下火车呀!"

奶奶停下脚步,一字一顿地说:"你这就去上学。我可不想触犯法律。"

我快崩溃了,几乎要大吼起来。装着布茜的篮子撞着我的膝盖。太阳火辣辣的,就像夏天一样。我真想扑倒在草丛里放声大哭,但还是强忍住了。

前面有棵大树,树荫下立着一排拴马桩,桩子上拴着几匹瘦马和一两头骡子。它们是乡下孩子骑来上学的。在我看来,这些马都长得一个样,奶奶却停下挨个儿打量起来。

有一匹大灰马正挥动着缠作一团的长尾巴驱赶苍蝇。奶奶对着它从头到尾端详了一番。我觉得她这就要撬开它的嘴巴检查牙齿了。她一丝不苟地看着,反正我也不赶时间。

然后,她穿过光秃秃的场院,朝学校走去。那是一幢木头房子,旁边有座钟楼。我轻轻叹了口气。

校舍两侧各有一间茅房,分别挂着"男""女"的木牌子。还有一台桔槔①。

---

① 一种汲水工具。

快走到钟楼前的时候,奶奶又一次放慢脚步。她从来没进过高中,还没读到八年级,她就被当年那所只有一间教室的学校开除了。这事我听人说起过。

我们沿着破损的台阶走到大门前。不知是谁在大门上涂鸦了一首诗:

泥土归泥土,
尘埃归尘埃。
脑子抹点油,
不然准得锈。

经过门廊,我们又往下走进地下室。奶奶收起了她那把大伞。

地下室非常空旷,虽说两头都立着篮球架,却一点儿也不像个体育馆。不过,闻上去倒是有点儿像。

地下室中央,一个瘦巴巴的高个儿男人正倚着一根大扫帚站着。

"喂!奥古斯特!"奶奶大喝一声,整个地下室充满了回响。

那人一下子被惊醒了似的,他看清楚是奶奶,不由得咽了口唾

沫。一般人都会有这种反应。他身穿一件邋遢的黑西服,围着大围裙,脚上穿了一双旧跑鞋,领结边缘都磨坏了。

"我带这姑娘来报到。"奶奶用大拇指朝我一指。她没提我是她孙女。她从来不说一句废话。

我已经十五岁了,站在那儿,真想找个地洞钻进去。奶奶根本不了解高中里的事,她竟然向看门人报到。

不过,是我错了。因为经济不景气,他们早把看门人解雇了。奥古斯特——也就是弗鲁克校长——就是校长,他也是体育老师。他还给男生上手工课,闲时还要做清扫工。

"我说,道戴尔太太,"校长说,"这姑娘会阅读和算术吗?"连我都能听出来他是在跟奶奶开玩笑,可奶奶不吃这一套。

"反正进你们这种学校没问题。"她答道。

弗鲁克校长转过脸来看着我,问:"你是玛丽·爱丽丝吧?从芝加哥来?"这镇上的每个人都知道你的底细,就连还没发生的事情,他们也统统知道。校长又问:"你在那儿上几年级?"

"该上高二了。"我嘟囔道。

"到这儿就上高三吧。"弗鲁克校长说,"无所谓的,这儿有的是地方。这种时候,上高中简直就是奢侈的事。好多男生都辍学了,现在我都凑不齐五个能打篮球的人,恐怕要等到冬天才行,不然就得过了圣诞节。"

一想到要在这儿度过冬天,还有圣诞节,我的心都凉了。

"哦,有几个农场来的男生,收完干草就会回来上课。"弗鲁克校长继续说,"可还有不少学生要等十一月收完玉米才回得来。男孩就是这样,你也知道。"奶奶可从来没有闲工夫聊天儿。不一会儿,弗鲁克校长就让我们去了巴特勒小姐的班上。教室在摇摇晃晃的楼梯上面。走到门口,只听见巴特勒小姐在念:

古往今来
多少离合悲欢,
谁曾见这样的
哀怨辛酸!①

唉,哀怨辛酸。这儿居然还教莎士比亚。我的心一直沉到了脚底板。不过,听上去他们好像快下课了。

我和奶奶从教室外面往里张望,看见学生们两个一组坐在老

---

①源自莎士比亚创作的戏剧《罗密欧与朱丽叶》(朱生豪译本)。

式的双层课桌前。只有一个女生独坐。奶奶用胳膊肘儿捅捅我,说:"看见那个大个子女孩了吗,头发脏兮兮的那个?"

那个女孩倒是让人无法不注意到。"她是谁?"我问道。

"波迪克家的姑娘,她应该是米德瑞德。他们是尤班克斯家的亲戚。远远躲开她,躲不开就多长只眼。"

"她有这么糟?"

"糟就糟在她是波迪克家的人。"

说着,奶奶把我往前一推。不知怎么的,她已经从我手里接过了布茜和收音机。我只觉得手心冰凉,差点儿绊倒在门槛上。当奶奶出现在门口时,教室里仅有的三个男孩都高举双手怪叫起来:"别开枪!我们投降!"

他们是想寻开心,可我却认为,他们应该尊重老人,即使是我奶奶这样的老人。

巴特勒小姐看见我们了,她拍了拍胸口说:"看哪,是道戴尔太太,这位是……"

"玛丽·爱丽丝·道戴尔,"我吞吞吐吐地说,"我来报到。"

"哦,真是太……太好了。"巴特勒小姐答道,她好像不敢直视奶奶的眼睛似的,"同学们,这位是玛丽·爱丽丝·道戴尔,从芝加哥来的。我猜那儿的日子也很艰难。"

在这样一个小镇,要想保留一丁点儿隐私都很难。我看得出来,为了对付镇上那些"包打听",奶奶得花很大的力气。我回头看她,却发现她已经不见了。

"亲爱的玛丽·爱丽丝,"巴特勒小姐接着说,"我们稍后会给你课本的,你先和米德瑞德·波迪克共用一本。米德瑞德,你挪一挪,让玛丽·爱丽丝坐下。"

就从这一刻起,情况开始不妙了。

米德瑞德·波迪克占了大半个座位。凑近了看,她还是那副模样。趁着巴特勒小姐在黑板上奋笔疾书之际,米德瑞德把我从头到脚看了个遍,显然她很不满意。我留着中分鬈发,发卷又细又密,那是妈妈的杰作。

米德瑞德撇撇嘴。

为了这次出门,我特地穿了一件比较像样的泡泡袖布裙,裙子上装饰了三颗从妈妈衣服上拆下来的赛璐珞①纽扣。米德瑞德瞅着我的泡泡袖,恨不得要把它们拆下来似的。接着,她又瞟了一眼我的脚。我脚上是花边短袜和过复活节才穿的露趾凉鞋。

---

① 塑料的旧有商标名称。

　　米德瑞德的喉咙里发出一串电锯启动般的滋滋声，谁听见都会心里发毛。我可不愿意瞪着眼睛看她的打扮。她好像穿了一件伐木工人穿的衬衫，身上散发出一种暖烘烘的气息。我感觉教室里的每一个人都把目光投到了我身上。

　　"我让你坐好了，"米德瑞德粗着嗓子说，她悄悄在桌子底下握紧拳头，对着我晃了晃，"芝加哥来的大小姐。"

　　我叹了口气，说："如果我真是大小姐，就不会上这儿来了。"

　　现在米德瑞德盯住了我的脸。她的眼睛，一只蓝，一只绿。波迪克家的人都这样，不过当时我还不知道，只觉得看上去很古怪。"你从哪儿弄来这身衣服的？"她嘴里喷出的气味都要把我熏倒了。

　　"是我妈妈照着巴特瑞克公司的纸样做的。"我答道。

　　"你们在芝加哥都穿这个上学？"

　　我只好点点头。

　　"你们芝加哥的学校有多大？"

　　"我说不清，大概有一千多个学生吧。"我真盼着巴特勒小姐立刻从黑板前转过身来。

　　米德瑞德那双古怪的眼睛瞪得滴溜圆。"瞎扯！"她说，"你欠我一块钱，芝加哥大小姐。"

12

这时,我觉得有人碰了碰我的泡泡袖。原来是一个看上去没吃饱的大眼睛女孩。我不认识她,后来才知道她叫英娜丽·盖奇。她趴在桌子上,把嘴巴贴到我耳朵边。

"别理米德瑞德。"她那湿润润的气息弄得我耳朵痒痒的,"我的午饭都被她抢走吃了。"

"她要我给她一块钱。"我悄悄告诉她。

"别惹她。还是给她比较保险,"英娜丽又说,"不然她会跟你回家的。她老是这样。"

米德瑞德捅了我一下。她的胳膊那么粗,胳膊肘儿倒尖得很。"你欠我一块钱。"她又说了一遍,"我可不怕你奶奶。我要让你见识见识我奶奶。她整天对着瓶子喝酒,为了不生跳蚤,浑身上下涂满了柏油。我老爸比蛇还要狡猾,那些芝加哥强盗根本不是他的对手。就连坏蛋弗罗德都没他坏,没他凶。"

我相信她说的全是真的。

巴特勒小姐终于转过身来了。"同学们,请把历史课本拿出来。"她卷着舌头说道,"快,像臭虫一样快!"

"我还以为现在是英文课呢。"我悄悄对英娜丽说,"刚才不是在讲莎士比亚吗?"

"讲谁?"英娜丽问。

后来我才知道,我们先在巴特勒小姐这儿上完英文、历史和地理,接着去大厅那头的赫基莫尔先生那儿上数学和物理。他还要教男生农技,而巴特勒小姐还要教女生家政。我们就这样在两个教室之间跑来跑去。而且我这个班也不是高三,学校就只有这么两个班。英娜丽上的是高一。至于米德瑞德上几年级,谁也说不清。整整一个下午,我都忍不住在叹气。

终于挨到放学了,米德瑞德押着我走到拴马桩前。学校里全部二十五个学生都拥到场院里打打闹闹,男孩们在玩一种马掌游戏。可是看上去没有一个人会来帮我,大家好像都故意把头转到别处去了。

不知怎么的,米德瑞德在室外显得块头更大了。她身穿一条破裙子,可里面还穿着工装裤,因为她是骑马来上学的。就是那匹摇尾巴的大灰马,奶奶看了它好半天的。老实说,米德瑞德的马长得都比她好看。

我真担心她会叫我骑到马背上去,坐在她身后。那匹马看上去比天还高。幸好她开口道:"我骑马,你走。"

我们穿过镇子,我在尘土扑面的大街上走着,身后跟着那匹高头大马,米德瑞德趾高气扬地坐在马上,好像一个捉住逃犯的英雄。

奶奶家在镇子另一边的尽头。她正坐在门廊外的秋千上,我知道她其实没有这么悠闲,她更像是在等我们。

我慢腾腾地走进院子,米德瑞德和她的马也跟了进来。我觉得自己看见奶奶真有一种说不出的高兴。也许吧,也许是我已经无计可施了。

米德瑞德跳下来,把马拴在一棵树上。奶奶站起身,秋千前后摇晃着。我站在门廊下的台阶边,耷拉着脑袋说:"米德瑞德说我欠她一块钱。"

"真有你的。"奶奶摸摸自己的脸颊,从眼镜上方看着我说,"第一天就欠了一大笔债。一块钱,在这儿抵得上一家人一个星期的工钱了,如果是波迪克家,那就是两个星期的了。"

米德瑞德站在我背后,我都能感觉到她喷在我脖子上的热气。她很凶。不机灵,但很凶。

"进屋来吧,"奶奶说,"我们好好谈谈。"她走到百叶门前。"把靴子脱了,"她指着米德瑞德的脚,"我可不想让厨房地板留下什么印子。"

米德瑞德的眼睛露出两种颜色的凶光。但是奶奶的块头比她大,她只好蹲下来把靴子脱了,搁在后门旁边。

我们走进屋去。一脱下靴子,米德瑞德的气焰好像低了不少。她那双袜子窟窿连着窟窿。也许她长这么大都没见过这么干净的厨房。她小心翼翼地扫视着四周。不过,她应该更小心些才对。

"渴了吧,要不要来杯脱脂牛奶?"奶奶做乳酪很拿手,她会把酸奶装在布袋子里,让它一点一点滴到碗里。现在,她挥挥手,让我们坐下。

我那杯都没怎么动,米德瑞德已经咕嘟咕嘟把她那杯全喝光了。她的嘴唇上多了一道白色的小胡子,看上去不那么吓人了。奶奶又给我们分别切了一大块玉米面包。

"你奶奶伊德拉还好吗?"奶奶和颜悦色地问米德瑞德,"我听说她身体浮肿,都下不了床了。"

"她身子骨很差。"米德瑞德点点头说,"她哪儿都去不了了。"

"可怜呀。"奶奶说,"我到地窖去拿一罐橘子酱,希望她能收下。"

奶奶从眼镜后面瞥了我一眼,然后慢悠悠地朝后门走去。她去干吗?如果去地窖的话,她根本不用出屋,从我椅子背后的那扇门出去就行了。

米德瑞德正在狼吞虎咽地对付那块玉米面包,虽然她已经吃过英娜丽的午饭了。

不一会儿,奶奶就回来了,两手空空,没拿什么橘子酱。我都不知道她会做橘子酱。

"你老爸还在收容所吗?"她又问米德瑞德。

"他是被人陷害的。"米德瑞德绷着脸说。

"噢,依我看呀。那些马都是自个儿从鲍曼农场跑到你们家圈里去的。"奶奶很自在地站在黑铁灶台前,那是她的老位置,脚底下的亚麻地毡磨得都能看见木地板了。

"米德瑞德的老爸可是这一带响当当的卖马人。"奶奶告诉我说,"当然是他没被关起来的时候。人人都记得他是怎么把一匹半死不活的老马卖给耐奎斯老头儿的。米德瑞德的老爸把一条活蹦乱跳的鳝鱼塞进老马的嗓子眼儿里。卖给耐奎斯老头儿的时候,那匹老马看上去真是比小马驹还神气。后来鳝鱼死了,老马的精神头儿当然就全没了。耐奎斯还得给它收尸。"

"我可从来没听说过这种事。"米德瑞德含含糊糊地说,嘴里塞得满满的。

突然,我惊讶地看见了一件奇怪的事,我和奶奶都能看见,米德瑞德却看不见,因为她背对着门。她的那匹大灰马跑了,跑得就像一阵风,脖子上还挂着米德瑞德的靴子。我差点儿从椅子上跌下来,可奶奶却像个没事人似的抬着头,好像在数粘蝇纸上的死苍蝇。

这时候,她对米德瑞德说:"我们下次再说那一块钱的事情。现在你该出发了,你还得走上五英里①呢,够受的。不到半夜,你可到不了家。"

米德瑞德抬起头,一看见奶奶的眼神,她立刻跳了起来,把椅子都撞倒了。米德瑞德跑到门廊上,脚上只有一双袜子。马不见了。她伸手去摸靴子,靴子也没了。她跑到大路上,朝两边张望着。哪里还看得见什么马。奶奶关上了百叶门。

我还愣着呢。奶奶把那椅子扶起来,一屁股坐下,松了口气。她好像出神了似的,开始用一根牙签剔牙。她总是在嘴里藏一根牙签,能随时用舌头舔出来剔牙。

最后,她开口了:"对付波迪克家的人,可犯不着用枪。他们都是些猎狗,就知道追牲口、吞鸡蛋、舔锅底。要说偷,他们能把烧着

---

① 1 英里约为 1.6 千米。

18

的炉子偷走,等炉子一冒烟,他们又吓得跑回来。"

"奶奶,"我说,"您这样会要了我的命的。她要我给她一块钱,您却把她的马放了,还把靴子挂在马脖子上,害她走回家。"

"还光着脚。"奶奶说。

"奶奶,明天我去上学,她会剥了我的皮的。"

"明天她不会去上学的。"奶奶说。

"为什么?我真不明白,她明天还是会骑马上学的,我会死得很难看的。"

"不可能。"奶奶说,"那匹马回家了。我认识它,它是森孙保家的。他们家离这儿有七英里远,而且在另外一个方向,要过了米迈恩。马是一找到机会就会回家的。"

"这么说——"

"米德瑞德的爸爸呀,他的每一匹马都是偷来的。离开收容所之前,他不可能再偷一匹马来。我可不认为米德瑞德会来回跑上十英里,就为了读书。"

"……还光着脚。"我说。

"还光着脚。"奶奶说,"我可没办法每一仗都替你打,不过我可以送你过第一关。"

我们俩都不作声了。我想了一会儿,说:"可您对她真的很好,奶奶。您请她喝牛奶,还给了她一大块玉米面包。"

"这个嘛……"奶奶摆了摆手,说,"我可不想让她饿着肚子上路。我知道她得走很远。"

我们俩——我和奶奶,就这样坐在厨房的桌子旁,看暮色慢慢爬上了亚麻地毡。

这一天忙忙碌碌的,我都来不及想家。但这时我想起了哥哥——乔伊。以前都是他和我一起来奶奶家的,事事都由他顶着。现在他却去了西部,每天种树、露营。我想乔伊了,奶奶也在想他,我看得出来。

忽然,我一拍额头,想起了布茜。"奶奶!布茜呢?"我问道。

"谁?"

"布茜,奶奶,我的小猫呀。"

"我家里不养猫。"她说,"它们会弄得到处是毛。那只猫在土房子里,它就该待在那儿。"

我一下子瘫在椅子上:"奶奶,它会迷路的;它会害怕的;它会逃跑,就像米德瑞德的马一样。"

"它不会。"奶奶说,"我在它爪子上涂了黄油。"

"什么?"

"我在它的四只爪子上都涂了黄油。如果你要让猫待在一个陌生地方,就在它的爪子上涂黄油。等它把黄油都舔干净了,也就熟悉那个地方了。这一招很灵。"

"天哪!"我担心极了。

这时天已经快黑了。落日的余晖正好照在奶奶的眼镜上。那根牙签懒洋洋地耷拉在奶奶的嘴唇中间。突然,门廊上传来砰的一声响。是我的箱子从火车站被送来了。那砰的一声仿佛把一切都敲定了。

奶奶若有所思地说:"你也该好好安顿下来了,孩子。不然,我也要在你的爪子上涂黄油了。"

我一声不吭地坐着。正当我快要哭出来的时候,奶奶偏转身子,从椅子上站了起来。"该吃晚饭了吧?我都前胸贴后背了。"她说,"再不吃点东西,我可要变暴躁了。"

老天爷,我们可经不住这一手。

第二章
山核桃与南瓜

我没想到在奶奶住的这个小镇,万圣节竟是个大节日。在芝加哥,它并不怎么重要:有些孩子会玩"不给糖,就捣蛋"的游戏;有些临街的窗户上会挂一个从沃尔沃斯超市买来的南瓜灯——硬纸板做的,里面点着一根蜡烛。其他就没有什么可说的了。

可在这儿,万圣节的活动会持续好几个星期,周末尤其热闹。十月十二日,哥伦布日刚过,镇上就有一半的茅房被推倒了。有一天早晨,我们一到学校就发现一辆老掉牙的小车晃晃悠悠地悬在钟楼上。

我猜想奶奶会成为众矢之的,就像所有住在大房子里的老人一样。但是,奶奶可不是一般的老人。那些趁节日胡闹的孩子可不知道,奶奶最热衷过万圣节了。年复一年,那些男孩子就是不懂得吸取教训。

奶奶最喜欢秋天,最喜欢储备过冬物品。当第一场霜冻降临花园,她就开始跑上老远的路准备"粮草",活像一只系围裙的大尾巴松鼠,为漫长的寒冬收集食物。

那一年的万圣节恰好是星期天,学校将在星期六晚上为整个社区举行晚会。这纯粹是学校为了避免我们捣蛋而策划的。奶奶听说之后,说:"要是有叮苹果的游戏,你就赢两三个带回家。我们用红糖烤着吃。"

我已经十五岁了,学校里发生的事情,我总是不愿意对奶奶多说些什么,可她却总是什么都知道。既然如此,我就把弗鲁克校长发的通知交给她看。那张通知的措辞简直完美无瑕,肯定是由巴特勒小姐代劳的。她请家长带上茶点参加晚会。那个年头,只要有东西吃,大家就会成群结队地赶去。

"所谓茶点,"奶奶扫了一眼巴特勒小姐的邀请函说,"就是烤派。"

"鹅莓派?"我问道。奶奶做的鹅莓派可是远近闻名的。

但是她摆了摆手,说:"不要用罐头水果做派,除非到寒冬腊月没办法可想了。"一提起即将到来的冬天,她的口气就像是要打一场仗似的。我仿佛看见我们俩躲在因纽特人的冰屋里,挥动长矛在冰河上捕鱼。"用南瓜和山核桃。"她说,"我们可得好好忙上一天一夜了。姑娘,我希望你还记得怎么擀皮。"

我们刚吃完晚饭。我在口袋里揣了一块碎饼干,悄悄离开了餐桌。为了布茜的事,我和奶奶干了一仗。奶奶从没听说过有一种东西叫"猫粮罐头"。这儿可有的是残羹冷饭。她认为猫是天生的猎手,布茜绝对能够喂饱自己。猫就像波迪克家的人一样,咬到什么都能吃下去。

她说得没错。布茜已经忘了自己是从城里来的猫咪,它在土房子里安了窝,越来越油光壮硕,整天吃鸟和田鼠,以及其他我连想都不敢想的东西。

可我不愿意看到它如此独立。几乎每天晚上,我都会从自己的盘子里藏起一口吃的留给它。它常常昂着小脑袋,在门廊上等我。奶奶知道这事。她背后长着眼睛呢。

但是今天晚上布茜却没有出现。我在口袋里揣着那块碎饼干等着它。突然,我隐约听见菊花丛后面有动静。先是砰砰的响声,然后是一阵凄楚的呜咽声。

真希望不是布茜,可我知道那就是它。我努力朝漆黑一团的院子张望。厨房的灯光映出两只绿色的眼睛。我呼唤布茜的名字,它挣扎着跳了出来,又一下子缩了回去,在原地打转。我走进院子,一把搂住它。它扑到我肩头,全身颤抖个不停。我把它抱起来,这才发现有人用麻绳在它尾巴上系了一个生锈的罐头瓶。

我把布茜紧紧搂在怀里,大步走进厨房,虽然奶奶不允许它进屋。"奶奶!看看这个。"罐头瓶在布茜身子底下晃来晃去,把它的尾巴都缠到了一起。"难道这就是万圣节的把戏?"我说,"我可一点儿也不喜欢。"

奶奶只是抿紧嘴唇,抄起一把大剪子将绳子一下剪断,然后一指屋门:"现在,让它出去。"说完她就回到灶台边,继续搅拌锅子里的什么东西去了。

厨房里充斥着一股难闻的气味。我只得把布茜放到门廊上。当我返回屋子时,锅里冒出的气味呛得我直流眼泪。

"奶奶,这是什么味?"

"胶水。这么好的胶水我敢说你从来没用过,比店里买来的还好。木头啦,金属啦,全能粘牢,到下辈子都散不开。"她从锅子前转

过身,深深换了口气。她的眼镜片上覆盖着一层蒸汽,连两颊都湿漉漉的。"接下来我们要找一段金属线,"她朝一个抽屉晃晃脑袋,"还要一把锤子。敲钉子的小锤子可不行,得大号的。我记得哪儿还藏着一根铁路道钉呢。"

我知道最好什么都别问,只管照她说的去做就是了。

我们全副武装地出发了。我穿着去年冬天买的格子大衣,袖子已经短了一截。屋外已经起霜,月亮周围挂着一轮圆晕。奶奶和我踩着自己的影子,沿着后院的小路,穿过静悄悄的花园。

"快,快,快,"奶奶自言自语道,"有很多事情要做。"她抱着那一大锅胶水,其余的东西都由我抱着。

布茜安身的土房子就在后院的篱笆边,正对着茅房。茅房顶上覆盖着的藤蔓叶子在夜风中沙沙作响。奶奶的这间茅房成了小镇上唯一的"幸存者",邻居家的茅房都已经被那些大闹万圣节的孩子攻破,它们燃着火,篱笆上还挂着破了洞的木板。

奶奶放下那锅咕嘟冒泡的胶水,从我手里接过了那枚道钉。她举起大锤,狠狠砸了两下,将钉子钉入了土房子门前的地上,然后将金属线的一头缠在钉子上,另一头穿过小路,紧紧地拴在藤蔓的茎上。金属线离地大约五英寸①。她蹲着身子,一边干一边咕哝着。

"去找两个箱子来,我们过去坐一会儿。"她朝土房子晃晃脑袋,"得等上一会儿呢。"

土房子是以前爷爷堆放杂物的地方,只有门旁边的一小块空间容得下两个箱子。那锅胶水在奶奶脚边慢慢冷却。布茜发现我们了,虽然它不喜欢胶水的味道,但它还是跳到了我的膝头,翕动着鼻子找碎饼干。我把饼干拿给它,紧紧抱着它,好让手暖和一些。

周围安静极了,你能听见布茜咀嚼的声音,能听见几英里外货车发出叹息般的汽笛声。我们沉默着,就像坐在墓地里。这土房子、这茅房仿佛是世上最荒凉的地方。

终于,他们来了。几个男孩一路跑过花园。他们以为自己神不知鬼不觉,但其实谁都能听见他们那靴子的嗒嗒声和沉重的呼吸声。我想数数有几个脑袋,可是天色太暗,实在看不清楚。也许只有三个人,也许还不止。布茜趴在我的膝头,安静得像一座雕像。奶奶坐在我身边,仿佛完全融入了黑夜。

打头的那个男孩刚一露面,就被金属线绊住了脚踝。他一个趔趄,嘴里骂了一声,便像一棵被伐倒的树似的整个人扑倒在水泥路

---

① 1英寸为2.54厘米。

上。没什么大碍,只是断了鼻梁骨。

接下来可乱了套。后面那几个男孩不明白头儿怎么忽地不见了,急忙收住脚步,一时没了方向。

奶奶冲锋了。她那庞大的身躯从房门口猛地挤出去,在月光下看起来足有八英尺①高,满头白发如同银冠。那个跌倒的男孩刚抬起昏沉沉的脑袋,她便将一锅胶水一股脑儿扣了上去。胶水已经冷却,很快就会凝固。

男孩惨叫一声,他的同伙也都吓坏了。他们彼此乱撞,还慌不择路地撞到墙上。他们只想赶快逃命,一定是把奶奶当成妖怪了。别说,还真有点儿像呢。

你一定以为他们会原路返回。错!他们直接从那个摔倒的男孩身上跨了过去,翻过后院的篱笆溜了。摔倒的男孩也连滚带爬,跌跌撞撞地跟了上去。黑暗中,只见他两条长腿捯得比轮子还快。他猛地跳过篱笆,扑通一声,看来又是脸部着地。

周围安静下来。短短一瞬间竟然发生了这么多事。布茜早就不知去向。我过去帮奶奶收拾残局。她那沉重的呼吸在寒冷的空气中化为团团白雾。小路上扔了不少东西,看来都是那几个男孩的。

---

① 1 英尺为 0.3048 米。

28

奶奶弯腰拾起一把小刀,转出刀刃,一道白光闪过。借着月光,我们能看见刀把上刻着几个字母。"一个A,一个F,一个J,一个R。"她眯起眼睛,说,"这很说明问题了。"

这把刀的样式是男孩们都很喜欢的那种,奶奶也挺中意。她转回刀刃,把小刀塞进了自己的口袋。"再看那儿。"原来是一把短锯,用来锯茅房柱子的,携带很方便。"这玩意儿很实用。"说着她把锯也收了起来。我们还在路边发现半袋面粉,那些家伙会用水和上面粉,去弄脏人家的门廊和猫咪。"正好用来做派。"奶奶说。于是我把它也带上了。

"我要把那截金属线留到明天早上,你路上当心。"奶奶说,"我等会儿再回去。"

她的意思是要用一下茅房。她说这话的口气很得意,因为茅房安然无恙。

第二天上学,男生没来几个。当然男生一向很少,只有七八个,而女生有十七个。可那天早上我数了数两个教室里的男生,只看见三个——艾默·利普和约翰逊兄弟俩。他们都不在镇上住,都是乡下孩子——成天穿着靴子和工装裤。

没人说起那几个没来的男生。至少没人对我说起。不过,我和奶奶一样,大家有了什么小道消息,都不会第一个来找我们。

只有住在大城市里的人,才会以为小镇上的人比城市里的人和善。实际上,他们每个人都对我敬而远之,只有英娜丽·盖奇除外。卡琳·乐芙乔显然是女生的头儿,她爸爸是谷物商。她可是要多傲慢有多傲慢,如果她什么时候瞥我一眼,那准是想看看我是不是最后一名。直到现在我还是个局外人呢。

那天傍晚,奶奶好不容易才急急忙忙干完所有的活儿。家里的热水都在黑铁灶台上的水罐子里。我们俩在厨房餐桌上放了两口锅,倒上热水,一口锅里是肥皂水,一口锅里是清水。她洗我擦,她还老催我快点。

"奶奶,我们要去哪儿?"

"去看耐奎斯老头儿。"

这镇上有好多这样的人,说得难听点,一只脚已经踏进坟墓了。"奶奶,他真有那么老吗?"

"老得都快入土了,"奶奶说,"而且聋得跟秤砣似的。"

我叹了口气,问:"那我该跟他说些什么好呢?"

"什么也不用说,如果你运气好的话。"奶奶答道。

30

随后我们又准备了一些东西。

天快黑的时候,奶奶和我出门了。我从土房子里拖出一辆老掉牙的红色小推车。土房子里什么宝贝都能找到。这辆车还是爸爸小时候用过的。我们碾着落叶出发了,看上去就是平平常常的祖孙俩在黄昏时分出去散步。但我们不是。我们是道戴尔家的人。

耐奎斯老头儿原来是农民,后来搬到镇上,住在离铁路一两条街远的一幢街角房子里。房子后面有一座谷仓。这时候房子里一点儿灯光都没有,奶奶说:"鸡睡了,他也跟着睡了。"虽然嘴上这么说,可奶奶还是仔细观察了一番。

"奶奶,我们怎么办?要叫醒他吗?"

"不行。"

我们走进他的大院子。院子里有一棵高高的大树,奶奶抬头看看树冠,又低头仔细检查树下的地面。"这个小气鬼,"她喃喃地骂道,"真是一毛不拔。"她指的当然是耐奎斯老头儿。

"这是山核桃树,你瞧,"她指着地上说,"山核桃。"不过我并没有看见多少山核桃。月光下看不真切,而且地上堆满了落叶。"这个老家伙说过,凡是从这树上掉下的东西,我爱拿多少就拿多少。他明明知道,就这么点东西,做个六英寸的派,根本不够。我就知道他

在耍我,这个老家伙……"奶奶身上穿着爷爷留下的一件旧外套,她一边说,一边从外套里掏出两个麻袋,"好吧,看看我们能找到多少。"

我们蹲下来,在院子里仔细寻找。"捡的时候留点神,"奶奶提醒我说,"可不是院子里的每样东西都叫山核桃。他还养了条狗。"

这活儿真够累人的。我花了好大力气,捡到的山核桃才够一捧。奶奶的收获也不过如此。她直起身,揉了揉酸痛的后背,目光落到耐奎斯的谷仓上。谷仓的门敞开着,里面停着一辆拖拉机,看来是耐奎斯当汽车用的。奶奶好像在打它的主意。

她把麻袋递到我手上。我们两个人捡到的山核桃加在一起都不够做一个派的。"万一遇到麻烦,"她低声说,"就赶紧撤。"

我一动不动地在原地站定,奶奶则悄悄向谷仓摸过去,同时留意着房子的动静。

谷仓静静地隐在黑暗中,周围堆着一些油桶、旧轮胎和做鸡窝用的箱子。奶奶站在月光下。她找到一条拖拉机的轮胎,夹在胳膊下面,朝谷仓大门走去。拖拉机的半个车头露在谷仓外面。她把轮胎挂在了散热器上。

我吓呆了,脑袋里一片空白。谷仓大门仿佛一个黑洞,把奶奶一点一点吞没了。

我像一座雕塑似的被钉在院子里。突然,一阵震耳欲聋的巨响打破了夜晚的宁静。拖拉机仿佛活了一般怒吼起来。耐奎斯老头儿的狗猛地从门廊下扑过来,汪汪地叫着,在院子里到处乱窜。拖拉机启动了,越开越快,冲进院子。月光下,只见奶奶高高地站在拖拉机上,满头银发。她发动了拖拉机,但又该如何让它停下来呢?

让它停下来的是山核桃树。

奶奶可不会开车,她径直对准山核桃树驶去,散热器上的轮胎被撞了个正着。大树猛烈地摇晃起来,山核桃似雨点般落下。幸好我没有站在树下,不然非挨到"核桃雹子"不可。拖拉机往后一跳,引擎一下子就哑了。奶奶被震得脑袋往后一甩,但她还是在拖拉机上站稳了。这时她爬了下来。

她站在我面前,伸手接过麻袋。"奶奶,这么大的动静,耐奎斯老头儿不会被吵醒吗?"我问道。

"天知道,"她说,"赶紧干活儿。"

地上的山核桃没过了我们的脚踝。"这叫唾手可得。"奶奶说。我一边抓着山核桃,一边往房子那边瞅。要是有个眼睛血红的老头儿突然出现在门廊上,我也不会吃惊。"快,"奶奶说,"他会先开灯

的。我们有时间逃走。"

最后,我们把麻袋装得满满的,提都提不动了,费了九牛二虎之力才把麻袋挪到了爸爸的小推车上。我一心只想赶快逃离这个是非之地,于是使劲推着小车,转过街角,沿着大街飞奔,奶奶加快脚步跟在后面。我的心怦怦乱跳,根本不敢回头看。耐奎斯老头儿的狗还在汪汪叫呢。

"奶奶,您都没把拖拉机开回谷仓。"

"我不知道怎么掉头。"她答道,"他会当拖拉机是意外滑出来的。"

车头上挂着轮胎难道也是意外?"奶奶,依您看……我们这不算偷吧?"

她愣了愣:"他说过的,凡是掉下来的山核桃,我都可以随便拿。既然我们已经出来了,那就再去找点南瓜吧。"

"哎,奶奶,"我说,"这回是谁家的?"

是彭辛格家的。彭辛格家和奶奶家一样,都在一条街的尽头。推着一车山核桃,我们可不能大摇大摆地假装是在散步。那条路到他们家门口就断了,再往前是一条只有牛能走的小径,以及一片南瓜园。

彭辛格家的房子黑黢黢的,只有楼上的一扇窗亮着灯。推车的轮子嘎吱作响,我小心地给轮子加了一点儿油。来到他们家的篱笆墙前,奶奶停下来向四周张望。我们身后的小镇仿佛岛屿一般,树林在夜风中轻轻叹息,炊烟袅袅升起。而我们的面前,田野在月光下铺展开来,点缀着层层白霜。一个个大南瓜就躲在茂密的藤蔓间。

奶奶从爷爷的外套里掏出那把从男孩那儿缴获的小刀,走进了南瓜地。她转出刀刃,割下两个又大又圆的南瓜,然后又割了一个中等大小的,而我则始终盯着彭辛格家的窗子,眼睛都不敢眨一下。奶奶动作敏捷,无论是年纪还是身材,都仿佛减小了一半。她将南瓜搬上车,小心翼翼地放在山核桃中间。我使足力气才把小车推动起来,唉,真希望我们立刻从这里消失。

当我们走到房子跟前时,我忍不住问:"奶奶,依您看……拿这些南瓜,算不算偷?"

"回头我们送一些派过来,放在他们家门廊上作为补偿。"她答道,"小心别再让山核桃滚下车,我们已经捡够了。"

我们刚把所有东西搬进厨房,奶奶就立刻忙开了。她用那些男

孩留下的锯把带霜的南瓜锯开,再用勺子把籽和筋都挖出来。

我已经被她折腾得够呛,可她却依然精神饱满。她麻利地把南瓜切开,削皮,送进还没来得及冷却的炉子。她一边干着活儿,一边低声哼着小曲儿:

南瓜甜得像奶油,

白糖多得像河流,

再加三个大鸡蛋,

半杯糖浆调得稠。

她几乎要踩着旋律跳起舞了。对她来说,"借"来的南瓜肯定比买来的甜得多的多。不等她叫我收拾那些山核桃,我已经悄悄溜回自己的床上了。

不过,星期六一大早,天还没亮,我们就开始烤派了。厨房里飘着香草、丁香和红糖的气息,十分醉人。奶奶把万圣节缴获的那袋面粉筛好,混入盐和猪油,然后就由我来擀皮。她对我的技术相当挑剔,从来没有满意过。她反反复复地叮嘱我,一定要从中间往四周擀,千万不能前后擀。不把面皮擀到0.125英寸厚,我就绝不能停手。

我说不清我们一共做了多少个派,总之,到了傍晚,我们已经把那辆小推车重新装满,我敢说你从来没见过这么好的山核桃派和南瓜派。

奶奶说她没兴趣巴巴儿地赶到学校去参加什么万圣节晚会,可我却非常想去,因为我相信我们做的点心一定是最棒的。

"你预备化装成什么?"她问我。

"奶奶,那都是小孩子的把戏。"

她犹豫了好一会儿,安全起见,还是决定送我去学校。她穿上那条镶荷叶边的围裙,我发现她还戴上了那顶插着雉鸡羽毛的帽子,这样的打扮对她来说算是很隆重了。我早就应该想到,奶奶才不愿意待在家里错过那个晚会呢。

当我们到学校的时候,晚会已经开始,但一点儿气氛也没有。地下室的一头站着卡琳·乐芙乔和她的盟友,其中有戈姬·格特鲁德·梅赛施密特和蒙娜·维奇。她们以为晚会就是凑在一起,窃窃私语。地下室的另一头,一个老师正在组织孩子们玩"钉住驴尾巴"的游戏,参加的都是些小毛孩,他们化装成了稻草人的模样。地下室

中央摆着几排折叠椅,是给大人和老人坐的,椅子上方垂着几道黑色和橙色的纸带。

奶奶刚踏进大门,就吸引了所有人的目光,大家都紧张起来。谁都知道她性格孤僻,可她又能一下子融入环境。从我们带着派出现的那一刻起,晚会的气氛立刻有了天壤之别。

餐桌上零零落落地放着几种茶点:几个粘在一块儿的爆米花球、两三盘曲奇饼干,还有一碟奶油软糖,学校方面则慷慨地准备了一大碗苹果汁。奶奶扫了一眼,说:"幸好,艾菲·威尔考克斯没把她的海绵蛋糕拿来,不然我非得动用那把锯子了。"

她把爷爷的外套一抖,把袖子一卷,准备亲自端上派。荣耀时刻到了。我们忙了这么久,为的就是这一刻。

巴特勒小姐来了。她身穿纺绸黑裙,头上束着黑色的蝴蝶结。"哎呀,道戴尔太太,真是……太棒了!这些派看上去可真诱人。"她对着并不算是家长委员会成员的奶奶说道。

"我需要好多纸盘子。"奶奶答道。

这时候,大家都跑过来排队。巴特勒小姐找来了纸盘子、一次性叉子以及两把餐刀。我帮着奶奶切派,从来没见过有谁能像她那样,把一块派切成这么多份。

艾菲·威尔考克斯太太排在头一个。她是奶奶的密友,可说不定哪天,她又成了奶奶的仇敌。她的模样很不寻常,斗鸡眼,牙齿好像正跑出来要和你握手似的。"我说,艾菲,"奶奶问,"要南瓜的还是要山核桃的?"

"都来一点点吧,"威尔考克斯太太回答,"我在节食。"

大人居然抢在第一个,这真叫我看不懂。不过,接下来就是英娜丽·盖奇。她还是那副弱不禁风的样子,于是我切了一大块山核桃派给她。

她刚转身走开,奶奶就对我嘀咕道:"真没见过这么瘦的姑娘,躲在晾衣绳下面都能乘凉了。"

孩子们推推搡搡地从餐桌前挤过。米尔顿·格利德和小弗瑞斯特·皮欧都不敢靠近奶奶。卡琳·乐芙乔决定让我来伺候她,格特鲁德、艾琳·斯坦普、蒙娜·维奇则傻呵呵地跟在她身后。镇上一半人都领过了,我们的派还绰绰有余。这时,我看见奥古斯特·弗鲁克校长走了进来。

当他来到奶奶身边时,大家都吓了一跳。弗鲁克校长的儿子一瘸一拐地走在他爸爸前面。他也在我们这个学校念书。可这会儿你根本认不出他了。他剃成了大光头,头皮上还有几道擦伤刚结了

痂。创可贴顺着鼻梁爬满整张脸。而他脸上的表情,有几分惭愧,也有几分恼怒。

我惊讶得嘴都合不拢了。他那个大光头,还有他的鼻子……

我真是不忍心再看下去,连忙转过头,却看见奶奶放下手里的餐刀,从围裙口袋里摸出另一把刀来,正是她在茅房外面的小路上捡到的那把。她转出刀刃,故意露出刻在刀把上的字母①。

她将手里的刀插进派里,切下一块,递到奥吉·弗鲁克面前。这小子不由得眯起了眼睛。弗鲁克校长充满疑惑地审视着那把刀,然后,他的目光缓缓落到儿子的脑袋上。天晓得奥吉的爸妈花了多少时间才把那些胶水清理干净。那可是"到下辈子都散不开"的胶水呀。

弗鲁克校长对着儿子受伤的耳朵大吼一声:"小子,我看你是跑错茅房啦!"

奥吉看得出奶奶是不想把刀还给他了。奶奶也不看他,而是对他的爸爸说:"要南瓜的还是山核桃的?"

对于奶奶来说,万圣节的游戏不是什么"不给糖,就捣蛋",而

---

① 刻在刀上的字母 A.F.JR 是"小奥古斯特·弗鲁克(August Fluke Jr.)"的英文缩写,也就是奥吉·弗鲁克。

是"喂饱你,玩惨你",不过她更愿意管这种游戏叫作"善恶有报"。

当我们终于快忙完的时候,有一位高个子、大嗓门儿的太太又过来要了第二块:"道戴尔太太,我从来没有尝到过这么好吃的南瓜派。"

不过,奶奶向来是宠辱不惊的。我问她:"那位太太是谁?"

"瑞芭·彭辛格。"奶奶侧过脸去说。

后来,我们这些孩子玩了叼苹果的游戏,只有奥吉没参加。我赢了两个苹果带回家,和奶奶一起用红糖烤着吃了。

第三章
杂烩汤

  我不喜欢睡在奶奶家楼上那间四四方方的大屋子里。我们小时候在这儿过暑假,乔伊就睡在这间房的另一边,可现在他不在这儿了。大铜床的床垫坑坑洼洼的,就连月球表面都比它平整。到了晚上,这屋里伸手不见五指。

  芝加哥的夜晚才不会这么黑。而且房子里太安静了,安静得都能听见墙壁里窸窸窣窣的声音。头顶的阁楼上还会时不时传出砰的一声。我不相信奶奶家会闹鬼。谁能有这么大的胆子?奶奶自己懒得爬楼,就睡在楼下,于是我被独自扔在"天涯海角"了。

  真不知道要是没有收音机,我该怎么过。房子里的任何声音都逃不过奶奶的耳朵,所以她很讨厌多余的声响,因此我只好夜里在床上蒙着被子听我那台飞科。

不过,收音机的事,你总是说不准。天上没云的时候,我能收到芝加哥的电台;凉爽晴朗的夜晚,我还能收到圣路易斯的新闻台。但我不常听新闻,坏消息太多,比如他们还是没找到艾米莉亚·埃尔哈特①的下落,比如失业人数已经超过千万,我知道其中一个就是我爸爸。

除此之外,其他节目我都喜欢——《斯努克娃娃》《费伯·麦基和莫莉》《A&P 吉卜赛人》《埃德加·贝尔根与查理·麦卡锡》《轻声细语的杰克·史密斯》。

收音机最迷人的地方就是你什么都看不见,一切都由你自己想象。那些男主播个个都像大明星泰隆·鲍华那么帅;而那些女主播,你希望她们有多美,她们就有多美。声音就是他们的一切,而最美妙的声音属于"南方百灵"——凯特·史密斯。那年秋天,全国上下都在唱她的歌:当月亮升上山顶,每道光芒都带来美梦,梦见你,我的爱人。

我就躺在收音机的橙色灯光中,倾听着整个世界。而我把它关

---

① 历史上第一位女飞行员,1937 年失踪。

上之后,很快就会进入梦乡。

十一月到了,我开始怕冷。风怒吼着跑过屋檐,从每一条缝隙钻进房子。即使把窗子全关死,也还是觉得房间里呼呼作响。我甚至能看见自己呼出的白气。上床睡觉前,我把那件旧丝绒浴袍找出来,穿在了睡衣外面。我还想把格子大衣也穿起来,可又觉得应该留着它应付冬天。最后,我去向奶奶诉苦,不过我真是找错了人。

你从来没见过有谁会露出她那种惊诧的表情。"冷?"她说,"现在才不冷呢。气候变暖了。想当年我还是小丫头的时候,我们连睡觉都得走来走去,免得半夜里冻死。"

霜降过后的一天早晨,奶奶站在楼梯口,用勺子乒乒乓乓地敲打锅子,那是她的起床号。

我身上里里外外穿了三层,走进厨房时,她正往华夫饼模子里倒牛奶面糊,边上的咖啡煮得正香。她允许我早上喝咖啡。奶奶做早饭的香味,我一辈子都不会忘记。可那天早上,我却闷闷不乐。

"奶奶,天没亮叫我起来干吗?今天又不用上学。"

她转过脸来,做了个惊讶的表情,那是她的拿手好戏。天一亮,她就认为快到中午了。"当然不用上学,今天是休战纪念日[①]。"

[①] 每年 11 月 11 日,纪念第一次世界大战休战。现为美国退伍军人节。

那时候,第一次世界大战已经过去十九年,但大家都很重视休战纪念日。在芝加哥,到了十一点整,所有活动都会停止,街上的电车也会停下来。大家会为战争死难者默哀一分钟。

"还要打火鸡。"奶奶说。

我知道这儿的人要在休战纪念日打火鸡。摩尔商店和威登巴赫银行门前都贴出了宣传单。

突然,我有了一个可怕的念头:打火鸡?要是奶奶参加会怎样?我记得爷爷有一把双筒猎枪,就藏在木箱子后面。

奶奶看透了我的心思。她把培根翻了个面,一挥叉子,说:"要是我拿那把双筒猎枪去打那只老火鸡,非把它炸上天不可。除了肉垂[①]和子弹,什么都不会剩下。"

我的脑海里立刻浮现出一个惨烈的画面——一只火鸡被打得羽毛纷飞。不过,奶奶接着说:"不会发生这种事的。他们都用气枪打纸板模型,还要买入场券才行。他们不打真火鸡。离感恩节还远着呢,你现在就搞只火鸡来,搁哪儿?"

就搁在楼上,我房间里,正好上冻。不过这话我没说出口。

"况且,我不喜欢和那些人较劲。"奶奶抿紧嘴唇,神态优雅,如

[①] 鸟类头部下垂的裸露皮肤突起。

果不看她嘴里叼着的那根牙签,"你知道他们就喜欢找借口吵吵嚷嚷,卖弄自己。"

打火鸡肯定是在户外,我感到鼻子已经开始融化。"既然如此,我们为什么要去呢?"我无奈地问道。

"为了杂烩汤。"奶奶解释说。

这下我不再问了。

休战日打火鸡活动在阿贝纳西农场举行。我和奶奶骑"两条腿的马"去,也就是走着去。明年的小麦已经播种,金秋的色彩渐渐褪去,现在已经到了一年中最惨淡的季节。我们顶着大风,一路往南疾行,终于看见远处有几匹马拴在篱笆柱子上,还有几辆汽车停在路边。

奶奶穿着爷爷的旧外套,我穿着他的猎装夹克,裙子底下还套着粗布裤子。我在这儿住得越久,就越像米德瑞德·波迪克。就算眉毛上压一顶羊毛帽子都没用。

阿贝纳西农场看上去很荒凉,但其实人们常在这一带活动。他们已经在田野里竖起几个橙色纸靶子,多多少少有点儿像火鸡的样子。枪架子也装好了。打火鸡是一项慈善募捐活动,所以有几个戴小帽子的男人在卖入场券。他们都是退伍军人协会的成员,都是参加过世界大战的老兵。

农场里的谷仓东倒西歪的。房子也好像有几十年没上过漆了。太太们都在门廊里坐着。

"这儿有人住吗?"我问奶奶。

"阿贝纳西一家住这儿。"奶奶说着,推开大门,大步走了进去,"你看阿贝纳西太太就站在门口。"

太太们围坐在门廊上的一张桌子边,旁边放着一台锈迹斑斑的奶油分离器。阿贝纳西太太站在那儿,抱着胳膊垂目低眉。她系着围裙,外面罩着毛衣,神情看似有些悲伤。

院子中央立着一个三脚架,架子底下烧着火,上面放着一口大锅。那里面就是杂烩汤——有什么吃的,扔进去炖就是了。白肉、红肉,说不定还有松鼠肉。不太新鲜的蔬菜可以多放一点儿。加点土豆块,显得实在;加点西红柿,显得鲜艳;再加点洋葱,那就更香了。奶奶会说,凡是有户外活动的地方,就有杂烩汤,无论是拍卖大会,还是集市现场。

一位包头巾、戴军帽的小个子太太正举着一柄大木勺,在汤锅里搅拌。奶奶跑过去,夺下她手里的木勺,说:"威尔玛,我来替你。

你去多找点柴火。"小个子太太立刻撤了。门廊上的人都往这边张望。

我想躲开奶奶,便在院子里溜达,往谷仓的方向走去,耳边不时响起气枪的砰砰声。

男人和男孩们一字排开,朝远处的火鸡靶子开火。这些人里似乎没有一个我认识的,他们都戴着一样颜色的遮耳帽,一丝不苟地瞄准、射击,但不知道是因为他们都枪法欠佳,还是因为靶子比看上去的难打,总之,挨枪子儿的好像不是谷仓就是棚屋。

那几个退伍军人协会的老兵负责递枪和装子弹。可能是我走得太近了,有一个老兵竟然把枪递给了我。我顺手接过来,可一触到那冰冷的金属,我就倏地僵住了。难道我这身打扮和男孩子一样?他怎么会没看见我在粗布裤子外面还罩了条裙子?对女中豪杰来说,也许这是个大显身手的好机会,可对我来说却窘得要命。我恨不得立刻把枪甩出去,于是急忙转给站在我身边的一个戴着大帽子的射手。

此人竟是奥吉·弗鲁克。

自从他中了奶奶的"胶水计",就再也没有正眼看过我。不过他向来鬼鬼祟祟的。他一看见我就眨巴着眼睛,然后眯成一条缝。我能猜出他在打什么主意。他想露一手，让我见识见识他的绝妙枪法，他知道我奶奶是个神枪手。我能从他那双眯缝着的眼睛里看出这么多东西来吗？如果你想猜透别人的心思，那就从最简单的事情开始吧。

他肩膀斜着抵住枪托，眼睛全神贯注地瞄准，连舌头都吐出来了。

突然，谷仓下面窜出一只受惊的白尾兔，从靶子前面飞奔过去。它显然分散了奥吉的注意力。他情不自禁地转移目标，瞄准了兔子。可他移枪的角度未免太大了。路边停着一辆黑色别克车，正当兔子钻进车底的一瞬间，奥吉扣动了扳机。每个人都眼睁睁地瞧着那辆车，鸦雀无声，只听见扑哧一声，别克车的后胎瘪了下去。

一个老兵猛地摘下帽子往地上一摔，大喊起来。他一定是那些老兵的头儿，因为他帽子上别着徽章。"这可是新轮胎！谁干的？"他喊道。

奥吉傻了，起先他还想把枪塞到我手里，最后只能扔下枪，飞一般地冲进了人群。大家纷纷给他让路，一边怪叫一边鼓掌，还故意左躲右闪。他翻过篱笆墙，跳上大路，往镇子的方向狂奔而去。看来，打火鸡比我想象得精彩，精彩多了。不过，我还是回到农场里，

接着看下去。

男人们继续打了一阵。忽然那个带头的老兵高举双手,喊道:"大家先别打了!快到点了!"

人们安静下来。有几个人还掏出表看看时间。十一月十一日十一时,这正是1918年第一次世界大战停战协定生效的时间。每个人都转向东方,那是法国的方向。

我看见奶奶的背影。她左手伸直,握着那柄木勺,右手一定放在了胸前。她的帽子紧紧扣在头上,压得很低,但还是有几缕头发冒了出来。我从没见过她的背挺得这么直。

门廊上的太太们都面朝墙站着,因为那是东方。阿贝纳西太太面朝着门。这一分钟鸦雀无声,只有风在呼呼地吹,只有阿贝纳西家外墙上的藤蔓叶子在瑟瑟地响。

就在这时,我似乎看见屋顶的天窗上闪过一个人的脸。可我不敢肯定。

然后,带头的老兵又高喊道:"先生们,瞄准射击吧!"于是如爆米花般的枪声又乒乒乓乓响了起来。

午饭时间到了。头戴军帽的太太们排着队从大锅子里舀出杂烩汤,一桶一桶地提到门廊上。奶奶已经在桌子一头站定,和往常一样,她找准了自己的位置。

她把外套一脱,露出里面的围裙。这条围裙我从来没见过,也是她自己做的,但看上去就像瑞格利棒球场里卖热狗的穿的那种,前面缝着两个装钱的大口袋。

门廊前排起长龙,人们在寒风中跺着脚。退伍军人协会辅助团的太太们把一碗碗热气腾腾的杂烩汤递到人们手里。排队的人一点点向前,最后来到奶奶面前——杂烩汤一毛钱一碗。

最前面的顾客是个魁梧的老农,他把一枚硬币交到奶奶手里。"两毛五的硬币找不开。"奶奶说着,把那枚硬币扔进大口袋,眼睛落到了老农的身后。

"我拿五毛钱买两碗,"第二个顾客说,"你找我三毛。"

"找不开。"奶奶答道,又将这五毛硬币"笑纳"了。我就挨着奶奶,站在门廊上,瞪大眼睛看她这出戏怎么唱下去。第三个顾客,就连我也认识,正是开银行的威登巴赫先生。他身材高大,油嘴滑舌,总是把钱紧紧攥在手里,就跟奶奶一样。

他没有戴军帽。显然他这一大把年纪,是没机会参加世界大战的。他就那么猫在家里,钱就滚滚而来了。这时候,他拿出一枚又轻又薄的一毛钱硬币。

奶奶看着那枚硬币,就像从未见过似的,惊讶得瞪圆了眼睛。"威登巴赫,这可不行。"她大声说。威登巴赫先生把手缩了回去。这会儿,门廊上可站满了他的银行客户。

"你要我怎么样,道戴尔太太?"他低声问道。

"你就是拿一张五块钱的钞票出来,我也不会奇怪。"奶奶的声音比先前更响亮了,"只要你把钱袋的绳子松一松……在前线拼命的小伙子们可从来没有计算过自己的损失。"

威登巴赫先生身后的人们开始议论纷纷。辅助团的太太们也都聚拢过来。她们的丈夫都上过前线。

一想到花五块钱买一碗温吞吞的杂烩汤,威登巴赫先生的眼睛都湿润了。人们在他身后推推搡搡,大家都竖起耳朵听着呢。他慢慢伸出两根手指头,哆哆嗦嗦地伸进口袋,掏出一枚银光闪闪的一美元,高高举起。奶奶把围裙口袋撑得大大的,看着银行家把钱投了进去。当他转身离开的时候,奶奶高声喊道:"下一个!"

就这样,几乎每个人从她面前走过,都不止花了一毛钱。但她知道哪些人拿不出更多钱,因此有时她又能找出零钱来。还有一次,我看见她把别人递过来的一毛钱又塞了回去。

不少人听说是奶奶在收钱,就悄悄溜出了队伍。可如果不买杂烩汤,就得饿肚子。当奶奶把最后一个顾客打发走之后,她穿着围裙已经鼓胀得像只袋鼠了。

虽然她按捺住满心得意,可嘴里那根牙签却兴高采烈地跳动起来,仿佛小乐队的指挥棒。她给自己盛了一碗杂烩汤。这时,她看到了我,便也递过一碗来。味道不错,尤其在你干活儿干得胃口大开的时候。

桌子那一头,辅助团的几位太太聚在一块儿开起小会来。接着,她们的头儿朝奶奶走来。她的帽子上写着名字:W.T·希兹,几枚徽章在她胸前神气地叮当作响。

奶奶看着她一步步走近。"道戴尔太太,"希兹太太发话了,"我们这些人加在一起,都做不到像您这样胆大妄为、肆无忌惮。看到您今天的表现,我敢说,所有那些想方设法克扣零钱、一毛不拔的人,都无法应对您这套左右开弓的手段。我只是想说,您干得太漂亮了。"

奶奶微微一挥手,示意希兹太太离开。可希兹太太却站着没动,继续说:"道戴尔太太,虽然您的做法并不是所有人都喜欢。这很明显,对不对?但是我们很乐意邀请您成为我们辅助团的一员,如果您的丈夫也是老兵的话。您已故的丈夫打过仗吗?"

"就和我打过,"奶奶答道,"而且回回都输。"

我站在院子中央,紧紧攥着汤碗。帽子把我的额头勒出了一道印子,双脚快被冻成冰了。爷爷的猎装夹克散发出一种死鸭子的气味。我从没见过奶奶手里有这么多钱,她会如何处置这笔钱?我眼睛一眨不眨地看着她。

辅助团的太太们收起餐桌,把脏碗统统搬进屋子。奶奶跟在她们后面,我跟在奶奶后面。

如果你见过阿贝纳西太太的厨房,一定会认为奶奶的厨房比得上凡尔赛宫的镜厅。阿贝纳西太太的厨房里,地板是倾斜的,水槽上安着手泵,桌子上方悬着一盏煤油灯。

奶奶揣着叮叮当当的零钱,看着辅助团的太太们打水洗碗,把剩下的杂烩汤倒进罐子,留给阿贝纳西太太。她们忙忙碌碌,把所有的碗都擦干、装箱,准备以后再用,又把厨房上上下下擦洗一遍,让厨房看上去干净多了。

阿贝纳西太太一直在角落里站着,就好像这厨房根本不是她的。她那么瘦,眼神那么茫然,身体仿佛半透明的一般,看起来似乎疲倦得快要倒下了。

最后,那些太太都走了,昏暗的厨房里只剩下奶奶、我,还有阿贝纳西太太。我预感会发生意想不到的事,但究竟是什么,我说不上来。

在明灭的灯光下,奶奶把所有零钱哗啦啦地倒在了桌子上。硬币滚来滚去,闪闪发光。奶奶找出威登巴赫先生给的那枚银灿灿的一美元,骄傲地举起来。

阿贝纳西太太站在奶奶身边,灯光仿佛填满了她消瘦的两颊。看到这么多钱,她不禁双手捧住脸,用沙哑的声音说:"天哪,这么多年来就从没超出过十二美元。"

奶奶点点头。"辅助团的那些丫头心眼儿好,但她们放不开。杂烩汤才卖一毛钱。"奶奶耸耸肩,接着又悄悄问,"这些够你们过一年吗?"

"我看这是好大一笔钱了。"阿贝纳西太太喃喃地说,"无论如何我们总得挺过去。"

奶奶又忙乎开了:"我们得把这些钱装到咖啡罐子里藏起来。"

阿贝纳西太太急忙去找罐子。她们将硬币拢到一起,冰凉的金属滑过指缝,叮叮当当地落进罐子里。"要不要数数有多少?"奶奶问。

"不用,不用。"阿贝纳西太太慌张地说,"知道数目我会担惊受

怕的。"

现在我想我都明白了。那些老兵组织打火鸡活动,是为了给退伍军人协会筹款。他们的太太卖杂烩汤,是为了帮助阿贝纳西太太。

该回家了。我们不走,她也不好意思藏咖啡罐子。可奶奶又问:"他还好吗?"

阿贝纳西太太侧过脸去,目光落在阴影里。"没什么好转。你们要不要上楼去看看他?他不会知道的。平常没人来看我们,打火鸡结束后,就不会有人来了。"她说。

这时候,阿贝纳西太太才看见我:"你想让这孩子也一起……"

"她受得了。"奶奶说。

我知道,就算前面是刀山火海,我也得上。

我跟在她们身后,恍恍惚惚地踏上楼梯。二楼的天花板非常低,奶奶都直不起腰来。阿贝纳西太太推开一扇门,一股药味扑鼻而来,里面肯定住着个病人。

这间房正好在屋顶斜坡下面。窗前放着一张轮椅,老式的那种,三个轮子加一个藤编靠背,轮椅上坐着一个人,正是阿贝纳西太太的儿子。

他被他妈妈用绒布条固定在轮椅上,耷拉着脑袋,咧着嘴巴,脸色铁青,比他妈妈还要瘦,胳膊无力地垂在轮椅两边。阿贝纳西太太轻轻碰碰他的肩膀,他就朝她转过脸来。这时候你能看出他是个盲人。然后,他又把头转了回去。

没有人说话。还有什么可说的?奶奶和阿贝纳西太太默默地站了一分钟——就像早上那一分钟。接着,我们便告辞了。

我们从那张放着咖啡罐子的餐桌前匆匆走过,因为奶奶不想听感谢的话。走到外面,我很惊讶地发现,天居然还很明亮,世界还是原来的样子。

打火鸡活动已经结束,人群散了。那辆黑色别克车还停在场院那头,希兹太太坐在车里,车子后部被千斤顶托起,希兹先生正蹲在篱笆墙边换轮胎。可看起来备用胎不行,他正窝着火呢。

我和奶奶转出大门,沿着大路往镇上走。奶奶故意顶着风。风向变了,我们又顺着风走。风里已经能闻出冬天的气息。她步履沉重,仿佛在倾听这寂静的世界。终于我忍不住问道:"奶奶,请您告诉我。"

"她儿子在战壕里吸进了毒气,"奶奶说,"又中了流弹。"

我们继续往前走,镇子远远地一点点露出地平线。

"他有政府抚恤金,可根本不够。"

"可是奶奶,为什么不送他去退伍军人医院呢?"

"她不肯放他去,"奶奶说,"她已经失去他一次了。"

我们沿着大路和排水沟中间的小径,一前一后走着。在风的叹息声中,我听见奶奶又说道:"战壕里全是士兵,他们奄奄一息。"

这时候我才明白了她的意思,也终于领悟了休战日的含义。阿贝纳西太太的儿子,他的命运完全可能就是我爸爸的命运。

回程的路似乎比去时更漫长。我一边走,一边数篱笆柱子,脚下的路仿佛又长出许多。最后,我们终于回到镇上,走过一棵棵光秃秃的树。奶奶已经把这一天抛到脑后,你可以从她矫健的步伐里看出来。我们转过商业区,走过威登巴赫银行的大门。

在摩尔商店门前,奶奶被什么东西吸引住了。在打火鸡活动的宣传单下面,陈列着甜心香皂的样品。她迈不动步似的看着,尽管她从来都是自己做肥皂的。样品旁边贴着一张手绘的彩色大照片,上面是"南方百灵"凯特·史密斯。她探着身子,笑容可掬,手里托着一块香皂。下面写着广告语:

> 我的每一天
>
> 从心底的歌开始,
>
> 从甜心香皂开始。

奶奶凑上去,仔细看了半天,然后说:"瞧瞧,这就是凯特·史密斯呀。你觉得这照片拍得好吗?我可从来没想到她块头这么大。"

凯特·史密斯的块头的确不小——和奶奶不相上下。

奶奶心满意足地欣赏了一番橱窗里的照片,然后继续往回走,神气得就好像脚上蹬着一双皮靴。

我仿佛听见她嘴里哼着什么。可她没有多少音乐细胞,我们快走出两个街区了,我才分辨出她哼的曲调,原来正是那首歌:当月亮升上山顶,每道光芒都带来美梦,梦见你,我的爱人。

第四章
马槽里的怪事

　　圣诞节近在眼前。巴特勒小姐在家政课上教我们女生制作礼物。本来我们应该学习怎样缝暗针,怎样镶边好让衣服更结实耐穿,可巴特勒小姐却让我们做隔热垫送给家里人,方法是用钩针将旧瓶盖连缀成圆形。

　　和我搭档的是英娜丽。她用起钩针来笨手笨脚的,做成的隔热垫中间凸起,就像一个头盖骨。她干脆把隔热垫顶在脑袋上,巴特勒小姐叫她拿下来,她才不情愿地拿下来。我实在没法儿把这个瓶盖子做的隔热垫送给奶奶,就把它给了英娜丽,让她送给她妈妈。我也想不出该送奶奶什么礼物。其实我压根儿就觉得奶奶和圣诞节挂不上钩。

幸好有英娜丽陪我。卡琳·乐芙乔还是不拿正眼看我,其他女生也都学她的样子。这几个星期我的处境毫无改善。英娜丽听见格特鲁德·梅赛施密特跟蒙娜·维奇说,我并没有想象中那么盛气凌人。可也仅此而已。

有一点对我比较有利,那就是我的穿戴打扮并没有她们担心的那么光鲜。我有两条羊毛裙,一条是妈妈的,另一条让虫蛀了。我有三件毛衣,能挨过一个星期。但我的鞋子太叫人伤心,大衣也不像样。

卡琳的衣着能一周五天不重样。每到星期五,她就穿长丝袜,不过她有几双鞋子是她妈妈的。她有一件毛衣,领口有一圈松紧绳,还缀着小绒球,特别漂亮。但是她偏偏轻描淡写地说,看看我们学校的那些男生,就知道根本犯不着费心思去打扮。

圣诞节快到了,学校要举行一年一度的庆祝活动。大家被召集起来,每个人都得参加大合唱。不过,有一半的学生找不着调儿,那动静就跟树上的鸟叽叽喳喳乱叫一般。

我们还要表演短剧,由巴特勒小姐分配角色。约瑟夫、东方三博士和牧羊人,几乎每个男生都被派上场了。不过,大家都不想让

奥吉·弗鲁克登台。他的头发刚长出来,稀稀拉拉的,整个人就像只秃毛鸡。

派给女生的角色有圣母以及一群天使。巴特勒小姐就从来不会想到让男生演天使。

我被分配演圣母,这消息让整个学校炸开了锅,连我自己都很惊讶。有人说:"巴特勒小姐在搞什么呀?竟然让一个芝加哥小妞儿演圣母。笑话!"说这话的是卡琳。演出服装都要由我们自己解决,我想我披条床单就行了。

对于不少人来说,这场演出是每年圣诞节唯一的活动。大家手头比去年更紧了。1937年年底,人人都在谈论两个话题:一是吃,二是钱。虽说住在奶奶家,我从来没饿过肚子,但镇上总有人吃不饱饭。至于奶奶的钱是从哪儿来的,这一直是个谜。

十二月初的一天,我放学往家走,一路用露脚趾的鞋子踢着路上的积雪。奶奶竟然不在家。天快黑了,我回到楼上自己的房间,还穿着旧格子大衣。这时,有什么东西吸引着我来到了窗前。

顺着大路望去,在瓦巴西铁路旁边,一个可怕的身影正冒着漫天飞舞的雪花蹒跚而行。她的脑袋上包着什么东西,隆起的后背上捆着一个长竹篓,身后留下一长串黑洞洞的皮靴印。我把短了一截的大衣往身上裹得更紧了些,一时间愈加觉得房子空荡荡的。这个身影走到我们家的篱笆前,昂起头,往我这边看过来。

原来是奶奶。

我忙下楼来到厨房,看见奶奶已经进了屋,身上落满雪花。她把竹篓扔到一边,解开包住帽子的大头巾,把爷爷的旧外套一脱,挂在火炉前的椅子靠背上。

奶奶在外套下面穿着爷爷的橡胶防水裤,式样像工装裤,通体漆黑,前胸收紧,肩带拉起,一直遮到下巴。

在她所有的打扮中,数这一身最帅。我常常暗自好奇,奶奶究竟是让爷爷穿着什么入土的。看起来她把爷爷的每一件衣服都拿来套在自己身上了。

"外面可真够呛,"她搓着一双通红的大手说,"冻得我牙齿直打战,活像中了风的啄木鸟。"

"奶奶,这种鬼天气,您在田里跑来跑去的干吗?"

"今年的第一场雪,"她解释道,"每年这时候我最忙了,干活儿、干活儿、干活儿。我要是像头老公牛似的傻站着,就完啦。"

还有什么可问的呢?我朝那个竹篓瞥了一眼,只见里面装着半竹篓的胡桃壳。真猜不透奶奶这葫芦里卖的什么药。

关于奶奶是怎样挨着炉火,从那身橡胶套子里挣脱出来的,我就不详细说了,那就跟蛇蜕了一层皮似的。在橡胶套子里面,她穿的是两件皱巴巴的家居服和一件羊毛开衫,她还露出一点贴身的绒布连裤内衣——也是爷爷的。

吃晚饭的时候,我告诉奶奶圣诞演出以及巴特勒小姐安排我演圣母的事。

"又是演这个?"奶奶说,"当年我还是个乡下小丫头,在只有一间教室的学校里上课时,我们就演了这个。"

"他们安排您演什么角色?"

"约瑟夫。"她说,"还有一次,演骆驼。我老是演块头最大的那个。"

我把碗碟都擦洗干净,然后打开作业本。这儿的学校也有作业,真令人伤心。巴特勒小姐布置功课最拿手了,赫基莫尔先生也不是等闲之辈。我绞尽脑汁想看懂几个句子的意思,而奶奶坐在桌子另一头,打起了瞌睡。

我继续做生物作业,耳边是奶奶有节奏的鼾声。当架子上的塞西·托马斯牌塔形座钟敲响十点的时候,奶奶猛然惊醒。她环顾四周,显得惊讶极了。她坚信自己是从来不会睡着的,就连躺在床上也不例外。

"怎么都这时候了？"她指指我说，"你赶快穿戴好。"然后忽地从椅子上站了起来，震得炉子直颤。转眼之间她已经抓起帽子、头巾，又伸手去摸爷爷的外套有没有干。

我扶住额头："奶奶，都深更半夜了。"

"可月亮很好。"她用力套上防水裤，把裙摆塞好。

"奶奶，我明天还得上学。我想睡觉。"

"睡觉？你会把一辈子都睡没了。你最好多穿一双袜子，再穿橡胶鞋。"

我有橡胶鞋，但就是不喜欢穿。"奶奶，我们上哪儿去？"

"去追踪一个比我们都聪明的家伙。"她咬紧牙关，穿上了外衣。

很快，我回到厨房，全副武装，就像个海军上将似的。我看见奶奶正在那个神秘的竹篓里翻找着什么，原来她在胡桃壳底下藏了好多宝贝。一卷金属线，几根短木桩，她又拿出一小瓶琥珀色的液体，诡秘地瞟了我一眼，然后打开瓶盖，放到我鼻子下面。

我倒退一步，说："奶奶，好臭。"

"那得看是谁闻了。"她继续埋头翻找，又找出来一块毛茸茸的

东西,好像兔子毛皮。

"奶奶,这是什么?幸运符?"

"算是吧。"

她把竹篓甩到肩上,忽然又想起了什么,跑到柜子前拉开抽屉,拿出一把枪。

我呆住了。

这把枪和木箱子后面的猎枪不一样。它口径小,每次只能打一发子弹,不过那会儿我还不知道这些。有好多东西我都不知道。奶奶把枪塞进口袋,大步走出门,领着我踏进了沉沉黑夜。

我们踩着大路上的冰凌,将小镇渐渐抛远。一轮皎洁的明月冷冷地俯视着白茫茫的田野。我躲在奶奶身后,听着竹篓敲打她的后背,听着竹篓里的胡桃壳随着她的脚步而跳跃。本来,我应该躺在自己的床上呼呼大睡的,而现在,我冻得脚趾都失去了知觉。想想吧,奶奶还带了一把枪。夜色真美,宛如一张黑白圣诞卡。篱笆墙上挂着冰晶,宛如闪烁的钻石。在这寂静的夜里,只有我和奶奶还醒着——但愿如此。

我们朝考吉尔牧场的方向走,大概走到一半的时候,奶奶用胳膊肘儿捅捅我,让我离开大路。路边的雪堆后面有一道门,我们挤了进去。这儿不知是谁家的地,积雪很深。奶奶领着我沿着篱笆走,绕到了田野深处的一个角落。

突然,她一把拉住我。她戴着铁路工人的大手套。我听见一声嗥叫,那声音好像是人发出的,从田野一个低洼的角落传来。月光照不到那儿,黑黢黢的令人无法看清。又一声嗥叫,好像是在回答,我害怕得喉咙像被封住了似的。

奶奶卸下竹篓,嗖地掣出口袋里的那把枪。黑幽幽的枪管在月光下寒气森森,奶奶瞄准了黑洞洞的篱笆墙角,朝那发出嗥叫声的方向就是一枪。我的双腿不由得一颤。

然后,她匍匐下来,将黑外套铺在雪地上。她咬下一只手套,单手忙活起来。她猛拉一根金属线,篱笆柱子上的积雪随之被震落。随着一阵咔嗒的金属声,她继续往回拉,最后捏住了猎物的脖子。

那是一只火红的狐狸,只不过在月光下看起来是黑色的。

奶奶把狐狸扔到雪地上,伸手去摸狐狸嘴上的弹簧夹——我后来才知道这个东西叫"胜利者2号"。她站起身,把弹簧夹丢进了竹篓。原来那些胡桃壳是用来掩盖人的气味的,她穿的橡胶防水裤也是这个作用。我定了定神,看来还有好多东西要学呢。

奶奶重新戴上手套,把胳膊整个探进竹篓,摸出另一个弹簧夹

来,接着掏出那块兔子毛皮、那瓶琥珀色的液体,还有金属线。

她又匍匐在雪地上。天气这么冷,奶奶忙碌了半天,累得气喘吁吁,喷出团团白雾。她用金属线将弹簧夹系在篱笆柱上,把那一小块兔子毛皮固定在弹簧夹上,又用牙齿咬开了瓶塞。她钉好木桩,在上面倒了一点儿液体。

"奶奶,这到底是什么?"

"狐狸尿。"说着,她拉上了弹簧夹。

奶奶再一次站起身,带着我沿着篱笆墙往回走。奶奶把竹篓交给我来背,让我也参与打猎。她把枪重新上好膛,抓住狐狸尾巴晃了晃。

"这家伙可聪明了。"奶奶好像是在自言自语,可又像是在教导我,"狡猾。它能闻出我的气味,我却闻不出它的气味。但是我骨子里也装着几只狐狸呢,我知道它在动什么脑筋。它喜欢篱笆墙,喜欢死水潭和排水沟。我要等下雪了,好叫它留下脚印。"

我们又去看了另外两个弹簧夹。看见它们都是空的,我觉得自己松了一口气。然后,我们穿过一片牧场,找到第四个夹子,夹子上有一只死狐狸。虽说奶奶是个神枪手,不过看见夹子已经夹中了狐狸,她还是挺高兴的。我也高兴。她从口袋里找出一段麻绳把两只狐狸捆在一起。她永远是麻绳不离身。

我们跟着一道新留下的脚印,一直追踪到一条封冻的排水沟旁。她在那儿也安了个弹簧夹。她那双饱经风霜的手动起来真是又迅速又有准头。

我冻坏了。我们故意迂回着返回大路,身后留下一串脚印。现在她已经斩获了两只狐狸。她用麻绳捆好狐狸,高高举起,我能想象它们将被运到很远的地方,镶上假眼珠,环绕在贵妇人的肩头。

第二天,奶奶把狐狸皮剥下来,钉在土房子的墙上。皮货商来采购时,使出了浑身解数还价,对奶奶说他主要是做麝鼠和海狸皮生意的。可奶奶卖狐狸皮更拿手,坚决不肯退让,最后还是把每一寸皮都照她开的价卖了。奶奶为什么手头总是有钱,这下谜团全解开了。

这个冬天,我常常跟着她在满地积雪的夜里出门,因为好像总有什么东西把我从温暖的炉火旁拉开。狐狸的嗥叫声令我心惊,但如果我待在家里不出去,那声音就会萦绕在我脑海里。所以我索性跟奶奶一起去,看她在银光闪耀的黑夜里布置弹簧夹。我心里还另有一种小小的触动。我开始注意到奶奶真的老了,但她还是那么辛勤,在冰天雪地的寒夜里,步上崎岖的道路,到镇外那么远的地方

去捕猎。我开始心甘情愿地跟着她,希望看到她安全回家。

学校里排练圣诞演出的节目已经整整一个月了。巴特勒小姐自己唱得也不怎么样,但做起导演来却独断得很。因为我们把《看那美丽的玫瑰》唱得一塌糊涂,于是她立刻就把这个节目换掉了。她把节目完全当成了她的个人作品。

我们的演出道具也准备好了:一枚用锡纸做的亮闪闪的星星,一个马槽。圣婴是一个会眨眼睛的娃娃,它是英娜丽的。她说那是她小时候的玩具,可大家都说直到现在她还拿着玩。

我的服装就是把床单像披风一样裹在身上。卡琳·乐芙乔扮演大天使,穿着缎袍,戴着翅膀,简直像好莱坞来的演员。而其他人都吵吵嚷嚷地埋怨自己没有合适的演出服出席那个盛大的晚会。排练的时候,约翰逊兄弟竟然脸色惨白,他们还晕厥了。他们太怯场了,虽说演的只是牧羊人。

奶奶当然没兴趣,我向她抱怨卡琳的光环,她也不置可否。那个光环是金属箔做的,太亮晃晃了。奶奶忙着呢。而我那时候也不认为奶奶这样的人会在意圣诞演出。

一天放学回家,我见她正在研究邮购目录。她把希尔百货公司的那一份递给我,那目录正翻到"时尚少女鞋品"一栏。

"你自己挑一双。"她说。

"奶奶,是圣诞礼物吗?"我故意这么问。

"你得买双新鞋了。"她说,"要不然,你就得像福吉谷那些大雪天打仗的士兵那样,把破布绑在脚上过冬了。"

我把每一页上的每一双鞋都端详了一遍,想象着自己穿上了会是什么效果。要考虑的因素很多。这双鞋必须去哪儿都能穿,还得让脚趾舒服,那才合我心意。

我终于挑中了一双,奶奶都已经等得不耐烦了。这鞋得实用,可不能露脚趾;要老成一些,带粗跟的;而且必须系鞋带,不然奶奶不会赞成。我选了一双暗灰色的,配什么衣服都合适。

奶奶仔细考虑着我的选择,牙签在嘴唇间直打转。"这双?"她发话了,"两块七毛五。"她眼珠子都快瞪出眼镜框了:"这笔钱给一大家子买鞋都嫌多,还能给马钉个掌。"

但她还是根据我的脚画好纸样,记下尺码,然后填写了订购单。牙签歪斜在她嘴角边,她在信封上贴好了邮票。这是我唯一一次见她用邮票。

后来,我还看见她研究莱恩·布莱恩特服装公司的目录——

"为丰满女士设计的1938年冬春款"。不过,我一言不发地溜走了。

日子仿佛越过越快,学校里的气氛也越来越紧张。约翰逊兄弟经常缺席。卡琳·乐芙乔早早地就精心打扮起来。显然她以为她这位大天使一定能压倒我这个圣母,毫无疑问地成为圣诞演出的焦点。

奶奶也好像有点儿不同寻常。她度日如年,比大野兔还焦躁。一天傍晚,天刚黑,她就带着我出门了。我们拉着爸爸以前做的一辆雪橇,一路往北走。"奶奶,我们这是去干吗?"

"找树。"她答道。

我们来到郊外的阿斯贝瑞教堂。我看见一片墓地,四季常绿的树木郁郁葱葱。"奶奶,"我说,"不会吧?"

当然,她不会去偷墓地的树,虽然我感觉这个念头的确在她脑海里闪现过。我们来到索特河谷里的一片树林,找到了松树和云杉。奶奶用奥吉·弗鲁克的那把锯子锯了一些绿枝条,堆在雪橇上。然后,我们又碰巧发现了一棵小冷杉,还没三英尺高,枝叶也不茂盛。可奶奶偏偏选中了它,用锯子吱吱嘎嘎地锯断了那纤细的树干。

我们拉着载满树枝的雪橇,一步一滑地往回走。我心里默默唱着"快拿火把来,珍妮特,伊莎贝拉",而奶奶只是眼望前方。

演出的日子到了,我本该预感到会有意想不到的事发生。奶奶在前厅生起了火,这还是今年冬天的头一遭。欢快的火苗在云母窗前噼啪作响,门上挂起了花环。餐桌的大理石台面上摆了圣诞树,树上装饰着爆米花和树林里捡来的松果球,树顶嵌着一颗奶奶用旧铁罐剪出来的星星。

我站在暖洋洋的屋子里,吸了一口带有松树清香的空气。显然奶奶没想过去看圣诞演出,她连衣服都没换。

可我已经换好了。我穿上了演出服,披挂了一身的别针;脚上是那双新鞋子,我刚从盒子里拿出来的;外面罩着去年的格子大衣,袖口已经镶上了漂亮的狐狸皮毛,这下袖子就够长了。奶奶看见我,吓了一跳。她发现我里面披着床单。

"奶奶,今天晚上有圣诞演出。"

奶奶这才想起来。她挥了挥手,说:"对了,你该戴上这个。"她从围裙的大口袋里掏出一样东西,看上去好像一卷金属线。

她把它递到我手里。可不就是一卷金属线吗?上面还缠着许多细小的星星,也是用铁罐子剪出来的。这得花一整天工夫才能完成。奶奶往后退了一步,握紧双手,急切地想看我戴上的效果,嘴里

在怪奶奶家的那一年
A Year Down Yonder

说:"当心那些星星,可别剐破了你的脑袋。"

她为我做了一个光环,这样就算卡琳·乐芙乔满身金箔,我也不会被她压倒了。这光环看起来更像是个荆棘王冠,我小心翼翼地捧在手里。

我激动得差点儿没亲奶奶一下,只要她愿意。

我出门了,脚上穿着橡胶鞋,好保护新鞋子。之前我们都是在学校里排练的,但正式演出是在教堂里。

灯光透过教堂的彩色玻璃映在积雪上,大门前的台阶上挤满了人。当我走进教堂的时候,圣路易斯开来的火车进了瓦巴西车站。整个镇子就仿佛圣诞树下的村庄模型——环绕而行的电动小火车、灯光闪烁的纸板房子和尖顶教堂都包裹在柔软洁白的大雪中。

如果你以为所有的圣诞演出都大同小异,那是因为你没看过我们的演出。我们女生在更衣室里候场,状况百出。真不知道在唱诗室里,由赫基莫尔先生带着化妆的男生们怎么样。

那些只参加合唱的女生穿着袍子,像蝙蝠似的跑来跑去。扮演天使的有艾琳·斯坦普、格特鲁德·梅赛施密特、蒙娜·维奇,以及个子最小的英娜丽·盖奇。没有一个人的翅膀看着顺眼。英娜丽最瘦

74

小,却戴了一副最大的翅膀——用细铁丝编的。那翅膀看上去就像个鸟笼子,她在屋子里都挪不开步了。这时候,卡琳·乐芙乔袅袅婷婷地走了进来。

她那身闪闪发光的长袍,斜裁式样,就是为了压倒其他天使。她的头顶上高高撑起一圈光环,仿佛她将要登上的是纽约的舞台。她的眉毛被剃了,然后重新描过,脸庞粉嘟嘟的,一点儿都不自然,红嘴唇弯得像丘比特的弓,手指甲也染成了同样的颜色。她本来就是金发,全身上下就这个是真的。

巴特勒小姐小心翼翼地走进更衣室,卡琳的装扮快让她睁不开眼了。

"卡琳!快把脸上那些乱七八糟的东西抹掉,"她的声音比往常更严厉,"瞧瞧你的嘴,像是在流血呢。"

卡琳很生气,站着一动不动。巴特勒小姐见我披了条床单,就跑来检查是不是穿妥了。我拿过大衣,掏出金属线编成的光环,巴特勒小姐见了差点儿没把别针吞下去。

不过,初登舞台还是让我们异常兴奋。躲在后台,我们能听见外面节目单沙沙翻动,座椅吱扭作响。管风琴已经奏响了乐曲,我们不能退缩了。

在怪奶奶家的那一年
A Year Down Yonder

巴特勒小姐招呼合唱的女生赶紧上场。我们这些准备演戏的人则躲在舞台两侧的门后面跟着一起唱,好增加音量。没有一个男生参加合唱,因为他们都要演戏。我们能看见牧羊人和东方三博士就站在舞台对面赫基莫尔先生的身后。

无论是台前台后,大家都唱得非常投入,巴特勒小姐也意气风发得很。就在这时,发生了一件怪事。

我们这些表演短剧的人必须从合唱队背后的大幕后面悄悄溜上舞台。台上的马槽早就布置好了,还有纸板做的羊。我伸手去摸马槽旁边的凳子。米尔顿·格利德站在我上面,他演约瑟夫。我们身后是牧羊人,对面是东方三博士。站在中间星星下面的是那几个天使,她们簇拥着卡琳·乐芙乔。

我瞥了一眼米尔顿。他穿着他爸爸的浴袍,粘着假胡子。东方三博士托起了装着乳香和没药①的宝盒。

合唱队分到两边,乐声响起。赫基莫尔先生拉开大幕,灯光打在我们身上。负责灯光的是弗鲁克校长。我们已经排练过,要一动不动地坐上五分钟。

本来,我应该看着马槽里的圣婴,可大幕拉开的时候,我恰巧

---

① 一种能分泌芳香树脂的灌木。

在看观众席,于是我只得让目光停在那儿了。

大家一看见我们出现在台上,都倒抽一口凉气。可不是吗?米尔顿穿着浴袍,粘着假胡子;卡琳活脱脱是大明星的打扮,只不过没有粉丝拥在后面;英娜丽似乎立刻要飞上天了;而我呢,头顶线圈,身披床单,脚上还穿着一双粗跟皮鞋。

当我眼睛一眨不眨地望着教堂大门的时候,门突然开了。奶奶走了进来。除了她,还有谁能把门框都塞满?和她一起进来的还有一个高个子男人。我看着她找到一个座位,迅速挤进去坐下。座位发出咔吧一声响。

这时,星星被点亮了,一道光芒投射到英娜丽的玩具娃娃身上。这应该是演出的高潮。而高潮果然来了。当马槽被照亮的时候,圣婴竟然响亮地大哭起来。

米尔顿不由得一晃。牧羊人的手杖啪嗒落到地上。我再也没法儿保持不动。我转过脑袋去看马槽,里面竟然躺着一个真的婴儿!他好像一个红萝卜头,拼命摇晃着小拳头。卡琳本来气派十足地站在台前,这下子也慌了神。

观众席上一片哗然。有些人还当是我们故意找了个真的婴儿来演戏,都在打听这是谁家的孩子。可是英娜丽却扑扇着翅膀嚷

道:"我的娃娃呢?"

巴特勒小姐倒退几步,合唱队乱了阵脚,再也没法儿接着唱了。而鲁兹牧师、弗鲁克校长和赫基莫尔先生恰好奔到马槽跟前,那个被湿布胡乱裹着的婴儿让他们目瞪口呆。

观众们纷纷站起来,想看个究竟。突然,奶奶出现了。她爬上舞台,帽子上的雉鸡羽毛微微颤动着。她从马槽里抱起那个浑身通红、放声大哭的婴儿,高高举起。

灯光正好打在婴儿脸上,只见他的眼睛一只蓝色、一只绿色。奶奶眯起双眼,把孩子举向观众,高声宣布:"是波迪克家的孩子!"

谁也猜不出来波迪克家的人到底是什么时候把孩子偷偷遗弃在马槽里的,谁也说不出他们为什么就那么自信,以为镇上的人看见这孩子不会知道他是波迪克家的。奶奶说过,这家人做事向来不经大脑。大家一致认为孤儿院能为婴儿找到一个更适合他成长的家庭。

我们就这么眼睁睁地看着演出泡汤了。不过,还发生了一个奇迹。我抬头一看,奶奶身后的那个高个子男人竟然是乔伊。

他现在更高、更结实,也更帅了。他变了,但还是我的乔伊。这是我收到的最好的圣诞礼物。我紧紧抱住他,把床单都缠在他身上了,光环还戳到了他的下巴。

乔伊从西部来,刚下火车。车票是奶奶寄给他的,卖狐狸皮的钱几乎都用上了。其实,奶奶捕狐狸就是为了这个。

我觉得喉咙被什么哽住了,急忙转过脸去,因为我知道眼泪就要落下来了。我不想让乔伊看见。这时,只听扑棱一阵翅膀响,两个天使降临我左右。高的是格特鲁德·梅赛施密特,矮的是艾琳·斯坦普。

"玛丽·爱丽丝,这是你哥哥呀?"格特鲁德问道。眨眼之间,她就成了我的好朋友。

"哎呀,亲爱的玛丽·爱丽丝,他可真像泰隆·鲍华。"艾琳深吸一口气,羽毛都好像竖起来了,"不过你哥哥更高一些。"她把一只肥嘟嘟的小手伸到床单下面,紧紧捏住了我的手。

那天晚上回到家里,奶奶又拿出一张车票。是去芝加哥的往返票,给我买的,这样我就能和乔伊一起回家去和爸妈过圣诞节了。这张车票花掉了奶奶的"最后一寸狐狸皮"。当然,我们首先要在温暖的前厅过节,就在那棵瘦小的圣诞树旁,就我们三个人,和以前的暑假一样,奶奶、乔伊和我。

不过,那天晚上给我印象最深的是从教堂回家的路上,我们并排走在人行道上,我和乔伊一边一个搀着奶奶,不让她滑跤——因为她说她一在结冰的路上走就笨拙得不行。

那一晚,我们头顶的每一颗星星都是圣诞星。

第五章
茶会的特别嘉宾

进入一月后,连续数周的严寒天气终于结束,冰雪开始消融。而用一辈子没离开过本地的道戴尔太太的话来说:一月大雾,杀得死猪。

——《皮亚特县报·本地趣闻》

星期六早上,我们刚吃完早饭,就听见后门外"嗒嗒嗒嗒"传来一阵清脆的高跟鞋声。奶奶抬起头。只见雾气迷蒙的门玻璃上映出一个人影,随后响起一阵忙乱的敲门声。

"还是让她进来的好。"奶奶说道。

敲门的是银行家威登巴赫的太太。她唰地从我面前飘过,不顾一切地冲进了厨房。

奶奶上上下下打量了她一番。威登巴赫太太头戴一顶缀满黑樱桃饰品的帽子,胳膊下面夹着一个大手袋,麝鼠皮镶成的大衣领子高高立起。奶奶以专业眼光仔仔细细审视着那圈麝鼠皮,然后目光绕过桌子,落到了威登巴赫太太的裙摆上。显然奶奶现在已经了解今年流行的是短裙。

威登巴赫太太露出好长一截腿。"道戴尔太太,"她嚷道,"我不会耽误您很久的,我知道您是位大忙人。"

奶奶把盘子里的玉米肉饼蘸着玉米酱塞进了嘴里,懒洋洋地往椅背上一靠。威登巴赫太太说:"我就不啰嗦了,长话短说。"

长话短说,她可从来都做不到。她压低声音接着说:"您很快就会听人说起博蒙特镇那位可怜的沃茨梅尔太太。"

"对她打击不小吧?"奶奶似乎没多大兴趣。

威登巴赫太太揪住毛茸茸的大衣前襟,晃晃身子:"虽然比起我受的那些苦来算不了什么,不过也……"

"明白了。"奶奶说,"严重吗?"

"她说呀,感觉自己就好像快摔到地上了。"威登巴赫太太发现我就跟奶奶做的那种胶水似的,牢牢粘在椅子上。她不太高兴地说:"但你也知道,我从来不在背后议论别人。"

这话让奶奶大吃一惊,杯子里的咖啡都洒了出来。

"我只是说沃茨梅尔太太出了点状况。这样一来,华盛顿诞辰纪念茶会就有麻烦了。我们每年都要做樱桃馅儿饼来纪念华盛顿将军,这是我们的传统。人人都知道,沃茨梅尔太太做的樱桃馅儿饼,谁也比不上。"威登巴赫太太的眼珠子都快瞪出来了,"别看她其貌不扬,做出来的糕点可真叫漂亮。"

"茶会由谁来承办?"奶奶问。

"由谁承办?"威登巴赫太太眨眨眼睛。"当然是妇女团,我就是主席。"

只有这镇上的名门贵妇才有资格加入妇女团,她们的家族都能上溯到独立战争时期——从母亲一系。

"你一定注意到了,"威登巴赫太太突然提高嗓门儿说道,"我们家祖上是克罗上尉,当年英国的考恩瓦利侯爵在约克镇投降的时候,他老人家就在场。你瞧我母亲的娘家就姓克罗。"

"哦,"奶奶喃喃说道,"难怪呢。"

"道戴尔太太,坦率地说,我婚姻中的一大遗憾就是没有一个女儿,哦,也没有孙女或者外孙女能够跟随我的脚步,在适当的时候接替我在妇女团的位置。"

我忍不住瞅了瞅她的脚。脚上一双高跟鞋,很明显小了一码。

威登巴赫太太冷冷地瞥了我一眼。不管怎么说,她没有孙女,可奶奶有我。这时候,她准备撤退了,因为尽管现在外面的冰雪已经消融,可奶奶这块"坚冰"却仍岿然不动。

"道戴尔太太,我希望你考虑一下我的建议。在我们这个谈不上繁华的小镇,妇女团坚守着神圣的传统。如果没有樱桃馅儿饼,华盛顿将军将会何等失望啊。你做的南瓜派和山核桃派令大家念念不忘,而我也极其推崇你的小脆饼。道戴尔太太,我希望你担负起责任,加入我们的行列。"

说完这番话,她便姗姗离去了。我们听着那"嗒嗒嗒嗒"的高跟鞋声消失在后门外,周围一下子寂静得宛若无人之境。

奶奶仿佛回味了半晌,才慢悠悠地说道:"穿得也太少了。像她这样露着膝盖到处跑,非染上肺炎不可。这点儿衣服,连垫拐杖都不够。"

我们坐在桌旁,倾听着水滴从屋檐边的冰棱上嗒嗒滴落。

最后,我问道:"奶奶,我们要不要去帮她做樱桃馅儿饼?"我们得去找玉米淀粉,猪油也快用完了。

但她根本没听我说话。"这世界上什么样的人都有。"她说,"有一种人会拉你入伙儿;有一种人会叫你先干活儿,再付给你工钱;还有一种人就像威勒米娜·威登巴赫。"

然后,她就再也不提这件事了。

冬天还没过去,本地高中的孩子们已经在盼望交换情人节卡片了。而妇女团正忙着准备一年一度的华盛顿诞辰纪念茶会。

高中生将会得到卡片,妇女团上哪儿去找馅儿饼?

——《皮亚特县报·本地趣闻》

二月里的一天早上,卡琳·乐芙乔问艾琳·斯坦普:"交换情人节卡片是怎么一回事?怎么没听人向我提起过呢?"

英娜丽趴在课桌上,把她那张小脸直凑到我面前,大眼睛紧紧盯着我。她还是瘦得那么可怜,而且不知怎么的,现在她没戴翅膀就仿佛缺了什么似的。"报上说,我们会交换卡片。"她悄悄说,"我

们上初中的时候每年都要做卡片,要粘上花边,还会在课桌上刻心。那时,艾默·利普居然把粘卡片的糨糊给吃了,笑死人了。你觉得今年我们会做卡片吗?"

"难说。"我低声答道,"现在可是高中啊。"

"嗯,瞧我们能做什么吧。"英娜丽对着自己的历史书吐了吐舌头。

教室的门推开了。弗鲁克校长出现在门口,他身边站着一个新来的男生。那天天气阴沉沉的,但这时,教室里仿佛突然射进一道冬日阳光,正好落在了这个新生的头上。他和弗鲁克校长一般高,可他长得帅多了,阳光下他那金灿灿的头发很有型,显然不是家里人给剪的,尤其是耳朵边被刮得很清爽。小弗瑞斯特·皮欧不由得支棱起两只耳朵,好像汽车敞开了车门。

"巴特勒小姐,"弗鲁克校长说,"我为你带来一个新学生。我们的篮球队终于有中锋了。"弗鲁克校长边说边指指男孩的头顶。

米尔顿·格利德手里旋转着的铅笔啪地掉在了课桌上。他身高5尺9寸[①],一直都是学校里最高的男生,而这个新同学至少有6英尺高。卡琳·乐芙乔的后脑勺开始颤动起来。

---

① 约1.8米。

86

"这位是罗伊斯·麦克纳布,"弗鲁克校长说,"他爸爸是公路测量员,来这儿是为了工作。他们老家在科尔斯县,马顿人。我们就把他安排在高三吧。"

如果罗伊斯·麦克纳布不喜欢听陌生人议论他的私事,他就会守口如瓶。而他的老家马顿在这一带是非常现代化的。你看他穿的是灯芯绒长裤,而不是什么工装裤,一件菱形格毛衣被他那宽阔的肩膀撑出了轮廓。

坐在我前面的卡琳紧紧抱住自己的身体,她自言自语的声音谁都能听见:"我的心可别跳得这么快。"然后她凑到艾琳·斯坦普耳边说:"别插手。他是我的。"

"米尔顿,往边上挪挪,"巴特勒小姐说,"让罗伊斯坐下。"

罗伊斯矫健地走来,微笑着看看每个人。看来他在许多学校上过学,知道怎样做才对。

回到家里,我告诉奶奶今天新来了个男生。奶奶挥挥手,不以为意地说:"如今这镇上到处是外地人,都是从八竿子打不着的地方来的。想当年,谁都认识自己的邻居。"

"而且那时候的冬天要比现在冷,对不对,奶奶?"

"大家都饿得要死,因为嘴巴给冻住张不开了。"她答道,"你是

不是对那个男生有兴趣?"

"谁?我?"我说。

忽然,我们听见威登巴赫太太在咚咚敲门。我把她让进来,看见她的麝鼠皮领子上结满了小冰珠。她推开我直往里冲,眼睛湿漉漉的,不知是因为外面太冷,还是因为心情太激动。这时奶奶已经走到柜子边,舒舒服服坐了下来。

"道戴尔太太,樱桃馅儿饼的事我们可不能再犹犹豫豫了。"威登巴赫太太攥着她的大手袋,挥舞着一份《皮亚特县报》,"老天呀,这件事竟然上了报纸,还被他们胡诌了那么两句歪诗。"

奶奶没接那份报纸,于是威登巴赫太太就亲自打开,念了起来:

高中生将会得到卡片,妇女团上哪儿去找馅儿饼?

"你瞧这多恶心!"她嚷道,"这能叫新闻报道吗?这能叫诗歌吗?这完全是探听隐私,妇女团的名誉都被损害了。"

奶奶发现围裙上露出一根线,一把就把它扯断了。

"道戴尔太太,我要你明确答复我,不然我们又会遭受这种流言。"

奶奶的一双大手搁在油布围裙上。她翻了翻手掌,说:"这个嘛,如果这是我的责任,为了表现我的爱国心,我会做一点儿馅儿饼的。"

威登巴赫太太长舒了口气。她仿佛已经准备好迎接一场战斗。"是吗?那你真是……太明智了。"她说。

"是件好事。"奶奶说。

威登巴赫太太转身要走,但是还没等她走到门口,就听见奶奶说:"只要答应我的条件。"

威登巴赫太太缓缓转回身来。

"你们妇女团的茶会得在我家举行。"

"可是……"

"这样我做起来方便些。"奶奶说,"我很少出门。"

这可是在瞎说。威登巴赫太太听了直摇头。

"道戴尔太太,请听我说。这不是一般的社交活动,这是妇女团的聚会,只限会员参加。茶会向来是在我家里举办的。"

"我会在前厅生好火,"奶奶说,"非常暖和的。"

"可是……"

"要不然的话,你就在你家里用外面买来的纸杯蛋糕办茶会好了。"

威登巴赫太太崩溃了。

情人节那天,我一大早就到了学校,可巴特勒小姐比我还早。既然报上已经提到要交换节日卡片,她就觉得自己应该在每个人的课桌上放一张。她的卡片又脆又薄,就像打卡纸一样。这样每个人都有一份礼物了。

大家陆陆续续走进教室,都发现了自己的礼物。"哦哟,"卡琳发现送卡的原来是巴特勒小姐,就翻了个白眼,把卡片胡乱塞进了课桌。

这时,英娜丽走了进来。她的课桌紧挨着我的,桌上除了巴特勒小姐的卡片,竟然还有三张。英娜丽双手捂住了嘴巴,尖叫一声,引得大家纷纷回头看她。她一下子成了焦点人物。她太瘦了,简直比白蚁扛着的牙签还要细。她扭头看看其他人拿到多少卡片——都是一人一张。

英娜丽趴在课桌上,翻来覆去地把玩着那几张纸片。她先看了看巴特勒小姐的卡片,又拿起第二张。这张卡片显然是手工制作

的,不过它不像是剪出来的,倒像是削出来的。卡片上写着:

匆匆奉上我的祝福,

但我绝对没吃过糨糊。

　　一个默默关注你的人

英娜丽盯着卡片看了一阵,然后凑过来,快趴到我腿上了。"我猜这张卡是艾默·利普送的。"她小声说,"你信不信?"

这个,我还真没法儿相信。

英娜丽挺直了身子,矜持地拿起第三张卡片。这张卡片不像前一张那么粗糙,上面还粘着几团棉絮。卡片上写着:

我们平凡的牧人

总是羞怯得不敢开口,

祝你节日快乐!

　　[没有落款]

英娜丽深吸了口气,然后又扑到我身上:"会不会是……约翰

逊兄弟?"

此时,艾默·利普和约翰逊兄弟刚巧都在赫基莫尔先生班上,一下子全班都知道他们给英娜丽送了卡片的事。这消息就像野火一般迅速传到每个人耳朵里,毕竟我们班只有十二个人。卡琳愤怒地转过脸来。

现在,英娜丽打开最后一张卡片。我也迫不及待地想看个究竟。

这张卡片非常漂亮,一个用白绸缎做成的桃心,胖鼓鼓的,好像一个小枕头,四周端端正正地绕着两道纸花边,这一定是花了好几个小时才做成的。英娜丽用颤抖的双手捧着这张卡片,念道:

送给这里最可爱的女生
——世上最可爱的女生

罗伊斯·麦克纳布

"天哪,玛丽·爱丽丝!"英娜丽跳了起来。她的自信心无限膨胀起来。每个人都在说着罗伊斯·麦克纳布给英娜丽送了张卡片的事。

罗伊斯就在教室里，但他就像什么都没听见似的。上课前他总是拿着一本书看，不是埃德加·赖斯·巴勒斯的《泰山出世》，就是莱德·哈格德的冒险小说。显然卡琳也听见了，我和英娜丽都看见她气得浑身颤抖起来。

终于，她爆发了。她霍地站起身，气冲冲地朝我们大步走来。

"拿来给我看！"她从英娜丽手里一把扯过那个绸缎做的桃心，纸花边也被撕破了。

卡琳读着卡片，上面的每一个字都令她怒火中烧。她回头看罗伊斯·麦克纳布，只见他正一只手托着下巴，专心看书，一副爱搭不理的样子。卡琳把卡片奋力摔在英娜丽的课桌上，逼近她眼前吼道："你搞的什么鬼？你这自以为是的小东西！"

英娜丽的眼睛里闪出泪光。

巴特勒小姐站了起来："卡琳，出去！"

卡琳只好往外走。当她咚咚咚走过罗伊斯身边时，他抬头瞥了她一眼。她气得脖子都红了。门砰地关上了。这时恰好八点整，我们开始上课。

那天上午，英娜丽总是忍不住偷看那几张卡片，然后得意地哼几声。中午，我们在地下室吃午饭，女生们全都围着她坐，就连艾

琳·斯坦普也不例外。

罗伊斯在地下室另一头独自投篮。他不见得是个好中锋,但他勾手投篮的动作的确很帅。不过,我对篮球一窍不通。

卡琳没有出现。那年头,你要是管不好自己的嘴巴,就得回家。

后来我们在院子里的时候,英娜丽悄悄走到我身边,说:"真有意思。你看见卡琳那副表情了吗?我应该把卡片好好藏起来,对不对?玛丽·爱丽丝,你一定也希望有人送给你祝福,尤其是罗伊斯·麦克纳布的。"

"这对你是件好事。"我说。

英娜丽做得很漂亮。她的眼泪触动了我。

然后,我跑到桔榰那儿去洗手。这些天我的手一直黏糊糊的。我觉得永远也没办法把手上粘的糨糊洗干净似的。

二月份我真是忙坏了。卡片的风波刚过,我就被奶奶叫去擀面团,而且总是从中心开始擀。妇女团茶会前的那个周末,我们都没歇过,腰上缠着毛巾,头发裹得严严实实的。厨房的每个角落都飘着面粉。

到了华盛顿诞辰日那天,茶会定在下午四点开始,所以我一放学就赶紧往家跑。厨房里,馅儿饼排列在烤盘上,每一个都仿佛精致的艺术品,但我却没发现奶奶的踪影。

最后,我发现她正站在前厅门口。那是奶奶吗?她仿佛在思索着什么。哦,她在摆姿势呢。满头银白的鬓发从中间整齐地分开,在脑后绾成了一个发髻,没有一根头发不听话地钻出来。她的两腮边垂着珍珠耳环,下巴下面还隐隐有科蒂牌粉扑留下的痕迹。

我从来没见过她穿长裙,一定是从莱恩·布莱恩特服装公司邮购的。那是一条深棕色羊毛裙,前身打出细细的褶皱,再往下看,腰间系着一条腰带。还有呢,一侧袖口外露出一截花边手帕,凸显着她壮实的手腕。裙摆底下露出崭新的鞋子——一双大号黑漆皮靴子。

我的眼睛湿润了。这一刻,我真想拥抱奶奶,永远抱着她。"奶奶,"我说,"您真美!"

奶奶轻描淡写地挥挥手,但她的确很美。

厨房椅子上搭着一条镶着荷叶边的白围裙,是她特地为我做的。她帮我系好围裙,然后指了指一个放着酒杯的托盘。她没有煮茶,而是准备调制潘趣酒①,看起来她不希望我待在厨房里。于是

---

① 一种果汁鸡尾酒。

我托着盘子去了前厅。

前厅里热得就像在八月。我走进去大吃一惊,差点儿把那些玻璃杯摔到地毯上。已经有一位太太驾到,而且占据了最好的座位。但她并不是妇女团的会员,而是艾菲·威尔考克斯太太。

威尔考克斯太太头戴帽子,身穿围裙——是条能够穿出门的漂亮围裙。她那双眼睛正滴溜溜地扫视着整个前厅。

奶奶已经搬来一张桌子,还铺上了白桌布。我把托盘放在桌上,才一转身,又吃了一惊。原来火炉边的摇椅上也坐着一位太太,老态龙钟,裹着大披肩。她也不是妇女团的会员。看她的样子,好像很爱抽烟斗似的。

我不知道威尔考克斯太太有没有看见我。你永远说不准她的目光究竟落在哪里。那位年纪一大把的太太倒睡得很香,因为不知是谁把她安置在了紧挨着火炉的地方。不过她肯定还活着,因为你在这房子的任何角落都能听见她的呼吸声。

我回到厨房,奶奶正在调一大碗红艳艳的潘趣酒。我说:"奶奶,坐在火炉旁边的那位老太太是谁呀?"

她抬起头来答道:"是梅·格瑞斯沃大婶。今天考吉尔一家带她进城来的。她难得出趟门。"

"奶奶,她多大岁数了呀?"

"这个嘛,我不清楚,"奶奶说,"你得把她脑袋抬起来,数数脖子上的'年轮'。"

就在这时,门口传来一阵敲门声,把整幢房子都震动了。"一定是妇女团来了。"奶奶不动声色地说,就好像她们经常来拜访她似的。

我一打开门,威登巴赫太太就像一阵风似的闯了进来。紧随其后的是布洛希尔太太——她丈夫是殡葬承办人,弗瑞斯特·皮欧太太,然后是鲁兹牧师的太太,而最后压阵的则是阿斯科伯爵夫人。她们都戴着帽子,穿着紧身衣,披着面纱,戴着手套。她们一进屋就发现不对劲。

"呦,是不是我看错了,"其中一位脱口说道,"这不是艾菲·威尔考克斯吗?"

"您好哇。"威尔考克斯太太招呼道,从头到脚把她们打量了一番。

她们又发现了梅·格瑞斯沃大婶。她正张着嘴,露出仅有的两颗牙,嘘嘘地打着呼噜。太太们都看呆了。"又一位……"布洛希尔太太说。

在怪奶奶家的那一年
A Year Down Yonder

她们又抬头看,发现身材魁梧的奶奶已经站在屋里,一双大手交叉抱在胸前。她的打扮一点儿都不比她们逊色,而如果你问我,我要说她比她们每个人都漂亮。她们一眼就能看出,奶奶才是本次茶会的主人。

"你们把大衣脱了吧,"奶奶说道,"交给这姑娘就行。"

阿斯科伯爵夫人穿着波斯羔羊皮大衣,她可舍不得把大衣交给我。我看她是想夺门而出了。这些太太们在屋里团团转,谁都不愿意挨着威尔考克斯太太坐。她们留意到奶奶的沙发上摆着粉色丝绸靠枕,还镶着金色流苏,上面绣着"伊利诺伊州饥饿岩留念"的字样。我从厨房搬来几把椅子。威登巴赫太太开始致词,虽然她说得磕磕巴巴。"我们将省去通常的仪式,"她说,"因为这次……这次在场的不仅有我们这些会员。但我还是要请鲁兹太太先来为我们祈祷。"

"要不要来一大口潘趣酒润润嗓子?"奶奶大声说道。

我去厨房把潘趣酒碗捧了过来,再把斟满酒的杯子分给大家。鲁兹太太站起身,开始没完没了地祷告。趁她祷告的时候,我把所有茶点一件一件摆好,最后她终于祷告完了,这时候梅·格瑞斯沃大婶突然醒了。"阿门,姐妹们!"她高喊道,还以为自己在教堂呢。

98

"你是哪家的,孩子?"梅婶问挨着她坐的威登巴赫太太。

"我们是妇女团的。"威登巴赫太太轻蔑地说。"我们的家族都能上溯到独立战争时期。"

"你要贴着她耳朵说话。"奶奶在厨房门口大声喊道,"她聋得跟木桩子似的。"

"贴着我耳朵说话。"梅婶说,"我聋得跟木桩子似的。不过我问的是你,孩子。你娘家是哪儿的?"

"我结婚前姓罗奇,威勒米娜·罗奇。"威登巴赫太太干巴巴地说,不过她很乐意提一提自己的家族历史,"我娘家的祖上是弗吉尼亚州卡帕帕县的克罗上尉……"

"哎,孩子,你说错了。"这会儿梅婶完全清醒了。屋里的人都满怀好奇,甚至没注意到我重新斟满了酒杯。

"你今年该……该五十六岁了吧?"梅婶眯起眼睛。威登巴赫太太倏地脸色煞白,猛喝了一口潘趣酒。

"当年罗奇家收留你的情形,我到现在还记得清清楚楚。"梅婶回忆道,"那应该是1883年,对不对?你是波迪克家的孩子。"

房间里的气氛瞬间凝固了。

"县里把你和你妹妹从波迪克家带走,因为那会儿他们家上上

下下动不动就坐牢。有两户人家分别收养了你们姐俩,因为谁都不愿意两个一起要。这事我可记得清清楚楚,就跟昨天发生的一样。"梅婶往椅背上一靠,慢慢摇了起来,"没错,你就是波迪克家的孩子,一只眼睛绿,一只眼睛蓝。你们祖上有个卖避雷针的,你们眼睛的颜色就是从他那儿传下来的。"

房间里死一般寂静。

突然,艾菲·威尔考克斯太太站起身来。她的帽子幸亏有一根别针挂住,才没掉到地上。"而我是被舒茨家收养的!"她大声喊道,"他们就是不肯说我是谁家的孩子,说那会影响我一辈子的!"

妇女团的太太们都坐不住了。威尔考克斯太太径直向威登巴赫太太走过去。"你就是我失散了多年的姐姐!"她一把抓住威登巴赫太太,吓得威登巴赫太太连连倒退。威登巴赫太太脸上堆满了恐惧,潘趣酒也洒了一地。

茶会再也进行不下去了。阿斯科伯爵夫人落荒而逃,也许是散布消息去了。剩下的人都围在威登巴赫太太身边,把威尔考克斯太太挡开。前厅里热得就跟亚马孙雨林似的,有几位还想再来一杯潘趣酒。

她们都哭作一团,而威登巴赫太太好像发疯了一般。她们手忙脚乱地把她往门口拽——漂亮帽子滑到了耳朵边,面纱也被扯得乱七八糟。

她们趔趔趄趄地往外走,威尔考克斯太太挥着胳膊在后面追。现在想起来,威尔考克斯太太和威登巴赫太太长得的确挺像的,皮肤、眼睛和头发的颜色完全一样,脸色也都很苍白。虽然牙齿不像,但谁知道威登巴赫太太是不是装了假牙。威尔考克斯太太跑到了大门口,奶奶也出来送客了。威尔考克斯太太说:"这么多年了,威勒米娜终于找到我了,我猜她肯定激动得要命。"

"完全有可能。"说着,奶奶把她们全都关在了门外。她转过身,享受着屋里的宁静。梅婶又睡着了。她张着嘴,嘘嘘地打着呼噜,就像唱小调似的。

奶奶低声说:"老天爷,我们该拿这些馅儿饼怎么办呢?"

不过,我们还是把它们都及时处理了。潘趣酒也一滴没剩。那酒是用一份草莓汁和两份不掺水的肯塔基威士忌调成的。我发现了那个"老土耳其"空瓶子。

今年,妇女团的华盛顿诞辰纪念茶会打破传统,在道戴尔太太家举行。参加茶会的还有特别嘉宾艾菲·威尔考克斯太太和梅·格

瑞斯沃大婶。

气温突然下降,冻死了鲍曼农场的一头小母牛。还有一头猪因寒冷丧命。

——《皮亚特县报·本地趣闻》

我写完最后一篇《本地趣闻》,又认认真真誊写了一遍。巴特勒小姐常常说"再写一遍才是杰作"。然后,我就和以前一样,在上学途中将这篇文章送到了邮局。

第六章
危险人物

    春天来了,我的心活跃起来。三月里,我要过生日,妈妈寄来一美元——叠得四四方方的。我不知道她哪儿来的钱。

    新月夜的第二天,农民种下了紫花苜蓿。燕麦和四叶草也冒出来了。到四月,他们又在奶奶家旁边的田野里种下了玉米。在植物的蓬勃生长中,四季仿佛车轮般不停旋转着。

    整个冬天,我难得看见布茜。它再也不到后门廊来让我喂了,它自己能找食物了。偶尔我会看见它从雪地上一闪而过。它已经是一只野猫了,要忙自己的事。

    当春天降临,空气中弥漫着泥土的气息,布茜又出现了。它想

办法爬上了屋顶,我猜是攀着门廊外的葡萄架子上去的。夜里,它会沿着倾斜的排水管,走钢丝似的一直来到我窗外。虽然它那双眼睛就算天再黑也能看得一清二楚,但我还是猜不透它是怎么做到的。

我当然会放它进来,奶奶也一定知道。

布茜会从窗台上跳下来,高兴的话,还会跳到我床上。我把被子弄成帐篷的形状,有时候它会大着胆子钻进来,亮闪闪的眼睛好像收音机的指示灯。它会用爪子扒出一个窝,或者舒舒服服地蜷缩在我的臂弯里,就跟以前一样。现在它长得比我胳膊还要长,身上有股土房子的气味。

但布茜从来不会留下来。有时候,它听见阁楼上传来砰砰的声音,就会挣扎着从被子底下钻出去,瞪一眼天花板,然后就溜走了。

我不相信会有什么鬼,所以早就习惯了阁楼上的那种声音。有时候会一连几个星期都安安静静的,接着突然某一天夜里,我又会被楼上那个声音惊醒。有一次还听到半夜里一只鸟喳喳叫着,而后又突然不作声了。

四月里,布茜常会忙里偷闲,跑来给我送礼物。一天下午,我发现床上有一枚知更鸟蛋。难道是知更鸟从打开的窗子飞进屋来下了个蛋？不是，一定是布茜嘴里衔着这枚蛋一路爬进我屋里来的。想到这儿，我就非常感动。

第二件礼物是一只晒干的蚱蜢，然后又来了一只硬邦邦的田鼠，一只臭烘烘的青蛙。

一天，我走进房间，发现床上的礼物在动。"喵呜——"竟然是一只初生的小猫，一只小布茜，它像小鸟一样娇嫩，挥舞着四只雪白的小爪子。我索性给它取名为"四月"。它是那么小，那么柔弱，我连碰都不敢碰它一下。但是我想把它留下来，让它来代替布茜。我要找个箱子给它做窝，还要给它找点吃的。

这时，布茜出现在窗台上。它跳下来的时候，迅速瞥了一眼天花板，然后跳上床。还没等我反应过来，它已经叼起小猫的后颈，从窗口消失了。

布茜只是把它的宝宝带来给我看看，现在又把孩子带回它住的土房子里了。就是这么回事。午后的阳光照在我身上，我忍不住落下几滴眼泪，但很快就想开了。毕竟我已经十六岁了。

那个星期六热得就跟夏天一样。"把你的床单拿下来！"天刚蒙蒙亮，奶奶就在楼梯上喊开了。

她喜欢在院子里生一堆火,火上架一口大锅,把床单扔进锅里煮。她没有甩干机,所以我们用手拧。后来她干脆把脚后跟都用上了,我们就好像是在拔河。最后,当我们把床单全挂到晾衣绳上时,它们都已经半干,而我们却湿了个透。

中午,天气非常热,我们决定洗头发,然后在太阳下面晒干。我们用的是积雨桶里的水和奶奶自己做的碱性皂。直到现在,我仿佛还感觉到她的手指在我头皮上抓着,而碱性皂的泡泡怎么也冲洗不干净。我那头又细又密的发卷,去年夏天就没有了,全让奶奶给剪了。

她取下发卡和发梳,让头发披散下来,一直垂到腰间。这称得上工程浩大了。她在院子里的松木桌上放一个搪瓷盆,弯腰就着盆子,让我把肥皂泡抹在她头发上。

"快!"奶奶说,"把那些虱子都从老窝里捉出来。"她的头发实在太多了。我用冷水给她冲洗,她隔一会儿就要直起身子喘口气。

她在太阳底下把头发拧干。那头发比天上的云还白。啊,那个明媚的午后,飘荡着肥皂和绿树的香气。奶奶头上落下的白发都够给一群鸟搭窝了。

风呼呼地吹着,床单都干了。我把它们从绳子上一条一条取下来,忽然看见旁边院子里走过一个男人。一个陌生人。"奶奶。"我提醒她道。

"喂!"奶奶冲那个人喊道,"你在这儿干吗?"

那人空着一双手,看起来风尘仆仆的样子。我猜他可能是一个流浪汉,从瓦巴西铁路那儿晃悠过来的。

"我想租个房间。"他说话的口音很奇怪。看他的个头儿,比这一带的人都要矮。

"谁叫你上我这儿来的?"

你能想象奶奶在他眼中的形象吗?他抬头仰望着,只见她满头蓬松的白发仿佛狮子的鬃毛,为了不被煮床单的火烧到,她把裙子高高卷起,那两条腿比那个男人的腰还粗。

"邮局里那位女士。"他的眼睛在眼镜片后面闪了闪。

奶奶怀疑地问:"是玛克辛·帕奇叫你来我这儿的?"

我认识玛克辛·帕奇。我写《本地趣闻》给县报投稿的时候,就得和她打交道。后来我停止投稿了,免得被大家发现。我正向奶奶学习怎样保护自己的秘密。

"她只是叫我挨家挨户地问,看会不会有人愿意租间房给我。"陌生人还是把眼睛瞪得老大,看来奶奶的形象实在太有震慑力了,

他一时没法儿缓过劲来,"您家是这镇上最后一家了。你们这儿难道就没有个旅馆?"

"以前有的,不过在1812年战争的时候烧掉了。"奶奶想看看他是不是够蠢,会相信1812年战争曾经打到过这里来。

他信了。

"你哪儿人?"她问。

"纽约人。"

他垂头丧气地站在院子里,还是不敢走近奶奶一步。"是工作改进组织派我来的。"他说

"政府派来的?"奶奶眯起眼睛问。

他点点头:"我到邮局工作,替他们涂墙。"

"涂它两层。"奶奶说,"幸好还有墙可以涂,不然邮局早倒了。"镇上的邮局就在咖啡馆后面,是座破房子,只有一个房间,以前是一家理发店。

"不是您说的那种'涂墙'。"他有气无力地说,"我是个画家,专画大型作品,以壁画为主。"

这下轮到奶奶瞪眼睛了。不过我知道他说得一点儿不假。芝加哥就有从工作改进组织来的画家,是联邦政府派去给公共建筑画

壁画的。所有那些建筑的大厅墙上都画满了壮硕的女人和肌肉发达的男人,他们穿着工作服,挥舞着铁锤和镰刀,个头儿都要比一般人高出许多。

高得就跟奶奶一样,那陌生人肯定这样觉得。"我说,我们那个邮局没法儿画壁画。"奶奶说,"那儿小得跟破盒子似的,连挂张照片的地方都没有。"

这一点他很清楚:"是华盛顿决定的。"

奶奶的眼睛眯成了一条缝。"我们交的税就用在这种地方了?"她问,"他们付你多少工钱?"

"每天四块钱。"他说。

"小伙子,你就住我这儿吧。"奶奶说,"就算邮局的墙你一笔不涂,也至少得一个月。我收你两块五毛钱一天。你的三餐就包给咖啡馆。"

我都快昏倒了。就算是芝加哥的希尔顿棕榈大酒店,一间房也要不了两块五。但奶奶认为这个价再合理不过,这是一个好机会,能把政府从她手里收去的税金拿回来。

"这价钱太离谱儿了。"陌生人壮起胆子说。

"别忘了这儿是镇上最后一家。"奶奶答道。

在怪奶奶家的那一年
A Year Down Yonder

就这样,纽约画家阿诺德·格林成了我们的房客。奶奶先逼他付了十块钱订金。奶奶叫我进屋找出一身爷爷的旧衣服,然后让画家到土房子里把他身上穿的都换下来,又点起火,把那些衣服都丢进了锅里去煮。袜子被她扔了,衬衫被放在洗衣板上使劲搓洗,奶奶干活的时候,满头白发就在风中飞舞着。

"房租里包含洗衣服务。"她慷慨地说。

奶奶让阿诺德·格林住那间正对瓦巴西铁路的屋子。屋子的天花板上有扇活动门通向阁楼。奶奶给他搬了一架梯子,那样他就能把阁楼当作画室了。奶奶未免大方过了头。画家去火车站把他的画架取来,就支在阁楼的斜顶下面。

隔壁住进一个陌生人,我不能一个人睡楼上了,就搬到楼下奶奶屋里,睡在一张小床上。虽然她打起呼噜来比梅婶有过之而无不及,但看在租金的分儿上,我还能说什么呢?

这消息不翼而飞,说是奶奶抓住一个拿津贴的画家做房客,至于租金多少,不同的人有不同的版本——三块钱、四块钱,甚至五块钱。

阿诺德·格林很安静。他每天来来去去,要不就躲在阁楼里。他那么瘦小,一点儿都不引人注意。

奶奶也并非一点儿好奇心也没有。一天晚上,他去咖啡馆,刚走到厨房门口,就被奶奶叫住了。虽然她从来不喜欢打听别人的私事,但这次还是开口问道:"你结婚了吗?"

他说没有。

"你有没有想过结婚,然后在这儿住下来?"

他从门口退了几步,转过脸来说:"这儿?!"他好像受惊了似的,头发都竖起来了。

"这儿有什么不好?气候就比纽约舒服。"奶奶说,虽然她从来没去过纽约,"这儿可是伊利诺伊州人均寿命最长的地方。"

没等奶奶说完,阿诺德·格林早已一溜烟逃进了夜色中。

我们坐在餐桌旁,桌上还摆着吃剩的饭菜。"奶奶,您在跟他开玩笑吧?"我问。

"我是在提醒他注意。"她说,"他来这儿的第一天,就被玛克辛·帕奇盯上了。这会儿她肯定在咖啡馆等着他呢。"奶奶抿着嘴唇,好像已经洞察了一切,牙签一颤,仿佛挑明了真相:"这附近已经找不到什么单身男人了。"

我的心思在别的事情上——我个人的事。马上就要期末考试了,而我总是提不起精神来上赫基莫尔先生的数学课。第一个学期,我得了个C,已经很庆幸了。现在我都拿不准还能不能考到这个分数。这学期教的是商用数学,全是些百分比、体积以及利润与损失的计算。对于这些玩意儿,我完全摸不着头脑。

罗伊斯·麦克纳布却是个数学奇才,据说他在自学三角函数什么的。当然他也是这镇上最帅的男孩。所以我暗暗制订了一个计划。这计划从情人节那会儿我就已经在考虑了,而现在必须向奶奶摊牌了。于是我找到一个机会,对奶奶说:"我的数学有点儿跟不上。"

奶奶眯起眼睛听着。

"我想让那个新来的男生帮我补习一下。他好像是叫罗伊斯·麦克纳布吧。我们可以一起学习。"

"明白了。"奶奶若有所思地说,"看来他的数学比老师还好?"

这个,当然不是——哦,原来她在开我玩笑。我还是直截了当点好,虽然对于十六岁的姑娘来说,有点儿难。"奶奶,卡琳·乐芙乔已经盯上他了。我必须在她下手之前采取行动。"

这么说才对她的胃口。她答道:"我们挤个柠檬榨一罐柠檬汁。"

但问题还是没有解决。我想请罗伊斯星期天下午来我家,因为这时候奶奶在午睡,全镇的人都在午睡。

"我们可以在前厅学习,那儿比较安静。"我小心翼翼地对她说。

她凝视着我,好像我就是那个爱出谜语的怪物斯芬克斯。

"奶奶,我希望您别打扰我们。您知道大家都是怎么说您的。我可不想看到罗伊斯被您吓坏。"

"被谁?我?"奶奶满脸惊讶地说。

接下来,我得鼓起勇气邀请罗伊斯。平常我跟他说话没超过两个字。我也不能贸然去找他,卡琳就像老鹰似的整天盯着他,我可不愿意就这样出手。最后,我写了张纸条。我的作文可比数学强多了。我悄悄递给他,他又悄悄递了回来。他写了方方正正的几个字:

行。
  罗伊斯

在怪奶奶家的那一年

直到现在,我还留着这张字条。

奶奶会说,星期天下午好像怎么也到不了,一点儿没错。我一小时一小时地数着时间。我把两条夏天的裙子穿了脱、脱了穿,拿不定主意到时候该穿哪条,差点儿把它们扯坏了。最后是怎么决定的,现在都记不得了。

星期天下午终于到了,整个镇子都在一顿大餐之后沉沉入睡,我一步一步走进前厅。奶奶没有现身,但我能听见她的动静。隔着两个房间,我都能听见她的声音。有时候她会嘘嘘地打呼噜,就像梅婶一样;而有时候她的鼾声很低沉,就像猪在吃饲料似的。

桌子的大理石台面上放着一罐柠檬汁,罐子上结满水珠,而我脑门儿上的汗珠比那罐子上的水珠还多。我想,等罗伊斯来了,我还是拿一条花边手帕比较好。

我听到他的自行车车梯落在前院小路上的声音。我早把百叶门上的插销松开了,这样他不用敲门就能推门进来。我好像把一切细枝末节都考虑到了。

看见罗伊斯出现在门口,我立刻想到乔伊。罗伊斯和他一样高,肩膀一样阔。我握住门把手,手心里的手帕已经全湿了,被我揉成一团。我突然想起来应该喷点香水,只要沾一点在耳朵后面就好,兴许他会喜欢。

我忘了是怎样把罗伊斯让进屋的。总之,我们总算是单独在一起了。我闻到自己身上淡淡的肥皂气味,看着他金灿灿的头发因为刚才一路骑车过来而变得乱蓬蓬的。我离他那么近,必须抬起头才能看清他。

他低头看着我,说:"你看,百分数实际上就是小数,不如我们先复习百分数。"他的声音已经和成年人一样。这是我们第一次真正的谈话。

我眨眨眼睛。他有没有注意到我的睫毛?卡琳经常用在睫毛上的玩意儿,现在我也用上了。可惜他没有注意。我们才不会马上说小数呢,那样的话,接下来我们就只能说分数。我拉着罗伊斯走到桌边,请他先喝杯柠檬汁。

我们手捧杯子坐下来,听着奶奶的鼾声。

"是我奶奶。"我耸耸肩,脸上堆出一个羞怯的微笑。我可从来没有做过这种表情。

"就是道戴尔太太?"他谨慎地问。

我点点头,把脸转开,装出一副天真的神态。

罗伊斯叉开两条腿,把胳膊支在膝盖上。这姿势就跟奶奶一模

一样。他又说道:"其实我们,我和你,有一点是相同的。"

"是吗?"我咯咯地笑了两声。天哪,再这样下去,我就跟卡琳没什么两样了。

"我是个外乡人,"罗伊斯说,"老家在马顿,而你从芝加哥来。在这儿,我们都是局外人。"

罗伊斯·麦克纳布竟然这么快就发现了我们的共同点。看来我们将一起度过这个宁静而甜蜜的星期天下午,我仿佛听见小提琴声已从心底袅袅升起。我想找到一个得体的回答。可我未免找得太久了点。

突然,阁楼上传来一声令人毛骨悚然的尖叫,随后乒乒乓乓的声音一直撞到你脑袋里。罗伊斯猛地蹲下身子。

然后,我们听见奶奶咚的一声跳下床,眨眼工夫已经飞奔到前厅。只见她身上穿着一件旧睡袍,脚上穿着爷爷的家居鞋,一只耳朵上挂着眼镜腿。她穿过厨房的时候,顺手从木箱子后面拿出那把猎枪。

"哪儿来的声音?"她大喊道。

奶奶突然举枪出现,把罗伊斯吓了一大跳。我们一起指指天花板。天花板正簌簌地往下掉泥灰呢。那碰撞声显然是从楼上阿诺德·格林的房间里传出来的。

"好小子……"奶奶说。

罗伊斯好不容易才把自己的眼睛从身穿睡袍、荷枪实弹的奶奶身上移开,猛灌了一大口柠檬汁。楼上巨大的声音并没有停止,天花板随时都会坍塌似的。罗伊斯仿佛平静了一些,紧张地等待着接下来要发生的事。

楼梯上咚咚咚一阵脚步声。冲下来的竟然是玛克辛·帕奇,而她身上竟然缠着一条大蟒蛇!

是玛克辛在喊救命。这么大的蛇,我只在布鲁克菲动物园里见过,而此时此刻,它正牢牢缠在玛克辛身上,绕住她的肩膀,缠住她的屁股,还垂下来好长一段。

她身体乱扭,仿佛在跳舞,可再怎么扭,都没法儿把那条蛇扭掉。

奶奶从她身边闪过去,打开大门,玛克辛就那么一路尖叫着,带着身上那条咝咝作响的蛇,蹿了出去。她像在跳夏威夷草裙舞似的,穿过门廊,绕过雪球花丛,往镇子的方向跑去。

"这么精彩的表演,只有我们看见有点儿可惜。"奶奶说。

既然如此,她也跟着跑进院子,站稳了身子,托起猎枪,对准天

空,砰砰就是两枪。大地仿佛晃了一晃。树上的鸟儿叽叽喳喳地飞起来,整个小镇都被惊醒了。

我和罗伊斯站在屋里往外看。我都快被吓死了,罗伊斯则茫然地摸摸后脑勺儿。

奶奶拖着枪,靠在门廊柱子上。她仿佛用尽了全身的力气,快要哭出来了,但那是因为兴奋。然后,她慢慢回到屋里,从罗伊斯面前走过去。罗伊斯被吓呆了一般,什么话都说不出来,不过他向来不喜欢说话。

"奶奶!家里怎么会有那么大一条蛇?!"我再也忍不住了,大声叫起来,"这儿怎么会有蛇?!"

奶奶把枪靠在桌边,揉了揉湿漉漉的眼睛,把眼镜戴正,慢悠悠地说:"家里本来就有蛇,在阁楼上。"

难怪我老是听见楼上有砰砰的声音。原来一条可怕的大蟒蛇就在我头顶上窜来窜去。布茜一定早就发现了。

"为什么?!"我问。

"因为有鸟。"罗伊斯明白了。

"没错。"奶奶说,"鸟总喜欢在老房子的屋檐底下做窝。你拿它们没办法。有了蛇,鸟就不会肆无忌惮了。"

118

罗伊斯小心翼翼地从她身边蹭过去,走到门口。"哦,我想我该走了。"他说,"真是……非常感谢。这个下午太有意思了。我从来没见过——"话没说完,他已经跑出去,跳上自行车,把我的希望一起带走了。

我转过身来看奶奶。这时候,我们俩都看见阿诺德·格林哆哆嗦嗦地站在楼梯口。他脸色煞白,嘴唇发青,镜片后面那双眼睛直愣愣地注视着我们。他身上罩着工作服,一只僵硬的手里攥着画笔。他支支吾吾地想说些什么。

奶奶严厉地瞪着他。

阿诺德·格林惊魂未定,结结巴巴地说:"她……她……她……"

"她走了。"奶奶接话道。

"是在阁……阁……阁……"

"是从阁楼里掉到她身上的。蛇就躲在房梁上。"奶奶又接话道,"我忘了提这事了。"

阿诺德·格林说:"那它一——一……一……"

"蛇一直在那儿。"奶奶继续接话道,"所以我不让女人上楼。"

"她在做模……模……模……"

"模特儿?"奶奶诧异地说,"那好,你最好记住,我不允许你让别人进我的阁楼。"

奶奶并没有把他扫地出门,看在每天两块五的分儿上。阿诺德·格林当天下午就把他的画架从阁楼上搬下来,以后就在自己房间里画画了。听了奶奶的话,他以为蛇已经离开这座房子,再也不会出现了。不过他还是把天花板上的活动门钉死了。

我觉得自己完了。星期一上学,我都不敢朝罗伊斯的方向看。我觉得他一定从此不敢再靠近我了,他一定以为我是一个和爱动枪的奶奶住在一起的疯子,阁楼上还有一窝毒蛇。

教室里乱作一团,我有点儿不知所措了。就连昨天没看见玛克辛·帕奇的人,都能绘声绘色地描述她当时怎样发疯似的在大街上跑。奥吉·弗鲁克说她一口气跳过了三个木桩。英娜丽不明白怎么回事,但好像也不需要问我就全知道了。而当我们开始上课的时候,罗伊斯突然回过头来,朝我眨眨眼睛。当然,这其中的意思很丰富,但我还是努力堆出一个羞怯的微笑,希望能尽量挽回一点儿。

这个星期快要过去的时候,我突然意识到,在这么一个沉寂的小镇,你惹出一丁点儿小事都会让大家激动好一阵。大家本来已经对阿诺德·格林熟视无睹了,可现在他一下子又重新引起了众人的关注。

虽然玛克辛成了大家的笑料,但她还是得去邮局上班。她卖邮票的时候,从来不忘记告诉顾客都是阿诺德·格林害了她。

我猜这话一定传到了奶奶的耳朵里。

一天,她冷不丁地对我说:"你最好哪天请你们那位女教师来吃晚饭。"

我差点儿跳起来:"巴特勒小姐?请她上这儿来?"

奶奶点点头:"她很快就要发成绩单了,你得和她搞好关系。"

可我和她的关系已经很好了。我只有一门课得了A,就是她教的英文。奶奶肯定知道我的数学有多糟,但她也没让我请赫基莫尔先生吃晚饭。

"奶奶,非得请她吗?"

巴特勒小姐听到我邀请她吃晚饭,非常惊讶,虽然不好意思拒绝,却又好奇又怀疑地看了我很久。

傍晚,我在前厅等她。奶奶在厨房忙了一整天,而我则坐立不

安。

门外传来低沉的敲门声,我开门一看,果然是巴特勒小姐。她穿着一条圆点裙。

"嗯,玛丽·爱丽丝,"她说,"真是太……太好了。"

看见老师站在我们家门口,这种感觉真是怪怪的。巴特勒小姐肯定也不习惯。她一边跟着我走进屋子,一边扫视着屋里的陈设。她看了看靠枕上绣的"伊利诺伊州饥饿岩留念",看了看地毯上一块压扁的痕迹,那是冬天放火炉留下的。她听说过一些我们家的事,但那些事道戴尔家的人都不愿意对客人提。

奶奶的身影突然出现在厨房门口,她腰上系了一条新围裙。"来吧。"她用低沉的声音对巴特勒小姐说,"让我们给你挂上饲料袋。"

巴特勒小姐不由得身子一颤。

而当我走进厨房,看见餐桌,也不由得一颤。只见餐桌上摆着四副餐具。

我还没想明白是怎么回事,就发现阿诺德·格林已经来到我们身后。他的镜片闪闪发光,我的脑袋嗡嗡作响。巴特勒小姐是这么一位规规矩矩的淑女,而阿诺德·格林……奶奶竟然请他来吃饭。

我心里暗想:奶奶呀,您到底在搞什么?

我结结巴巴地给他们介绍。巴特勒小姐对格林先生轻声说:"我听说过您的一些事——哦,我是说,见到您很高兴。"

我觉得自己一口都咽不下去。可奶奶却忙前忙后,左一道右一道地把菜端上桌——炸鸡块、萝卜泥、玉米炖土豆、青豆炖腌肉、玉米松饼、苜蓿卷……绿莹莹的果冻是买来的,因为院子里的水果还没成熟。果冻有两种口味,放在雕花玻璃盘里。还有一道考吉尔牧场出产的黄油。桌上被摆得满满当当的,都看不见桌布了。

"天哪,"巴特勒小姐轻声说,"真是太……太丰盛了。"

阿诺德·格林却一声不吭地大吃起来。在咖啡馆他可不会得到这样的款待,更何况他是个饿肚子的画家。

奶奶在桌子一头的主位上坐下,手里拆着鸡腿,眼睛盯着鸡胗。她把骨头堆好,等着大家打破沉默。

终于,巴特勒小姐悄悄瞥了一眼桌子对面埋头大吃的阿诺德·格林。我还太小,搞不懂为什么她这样的好女人会垂青一个危险人物。

阿诺德的镜片被热腾腾的菜肴蒸得雾气蒙蒙,我们已经看不见他的眼睛。但巴特勒小姐还是开口说道:"我最仰慕有艺术气质

的人。"

奶奶舀起一些萝卜泥,不作声。

巴特勒小姐不吼我们的时候,声音还是挺悦耳的。她轻声说:"而我唯一擅长的就是欣赏。我最崇拜莎士比亚。"

阿诺德·格林的眼镜片闪了闪。

"请相信我,"巴特勒小姐说,"我的确满怀崇敬地仰望所有具有艺术天赋的人。"虽然她应该和阿诺德·格林差不多高。突然间,他的目光穿过桌子中央的调味瓶,落到了她身上。

他们的目光相遇了。

不知怎的,奶奶看得一清二楚。在这样一个小镇,一个单身男人不是被赶出去就是被打下来。奶奶不喜欢玛克辛·帕奇。她支持巴特勒小姐。

从这天起,直到一个月后阿诺德·格林返回纽约,几乎每天傍晚,他都会去诺亚·阿特贝利家。巴特勒小姐就住在那儿。他们坐在门廊外的秋千上看风景。当时我以为他们是在谈论艺术、诗歌,还有巴黎。他开始用去屑洗发水。奶奶让他每天都有干净衬衫穿。舆论转了方向,玛克辛·帕奇气得要命。

而我也对罗伊斯恢复了平常心。他对我很客气,不过不是他有意对我保持距离,就是我有意对他保持距离。没错,我们都是外乡人,但仅仅这一点就能让我们走得更近吗?我想不能,而且我也无所谓了。真的,完全无所谓了。

第七章
随风而逝

突然之间,夏天近在眼前,这个学期就要结束了,我真有点儿不知所措。

天气好极了,难怪人们说这里是伊利诺伊州气候最宜人的地方。奶奶种的草莓羞红了脸,蜀葵开得缤纷绚丽。树木仿佛一夜之间就变得浓荫蔽日,大街成了阴凉的隧道,连接起明丽的乡村景致。一天清晨,空气中犹如被施了魔法一般,飘荡起丁香的芬芳。

芝加哥的春天从来不会这样。不知怎的,我心中有一种莫名的伤感。这时候,我接到妈妈寄来的一封信,后面还附了爸爸的话。

这一年,我们一直在通信,尽管我并没有把所有的事情都告诉他们。妈妈总是在信封里夹一张邮票,好让我写回信。乔伊也常常寄明信片来——有时是戴墨西哥帽的毛驴;有时是佩克堡大坝;还有一次是大盐湖,附着一小袋盐,我珍藏至今。而现在,我收到了爸爸妈妈的这封信。

每天早晨上学,我都心事重重。我已经说得出路上每幢房子里住的是谁。我已经对这座小镇了如指掌,而我永远不可能这样了解芝加哥。

马上就要举行毕业典礼了,虽然只有五个毕业生:四个女生——她们从来不和低年级学生说话,这倒和芝加哥一样——以及罗伊斯·麦克纳布。他们的毕业口号是:

结束,

为了崭新的开始

大家开始为学校的期末晚会做准备。我们被分成几个小组,而卡琳·乐芙乔说什么也不肯和我同组。虽然我和大家已经混得很熟了,但毕竟不是土生土长的小镇人。

一天,天气分外晴朗,我们正在上家政课。突然,窗外的天空中

升起一团黄色沙尘,我从来没见过这样的情景。大家立刻骚动起来,好像每个人都明白发生了什么事,偏偏只有我一无所知。

突然,水塔上传出尖厉的警报声。弗鲁克校长出现在教室门口:"巴特勒小姐,带女生去地下室,越快越好。"

巴特勒小姐一只手掩住脖子。她已经戴上了订婚戒指,大概有0.125克拉。好像世界末日就要降临,天色昏暗得仿佛傍晚,只能隐隐约约看见人影。我连忙问英娜丽是怎么回事。

"是龙卷风警报。"她眼睛瞪得圆溜溜的。平常她总是一副忧心忡忡的样子,而此刻她看起来胆战心惊。我被吓得动弹不得。我听说过龙卷风,但向来以为那都是发生在别处的事。大家排着队,鱼贯而出,真没想到他们会这样秩序井然。我们很快便来到通往地下室的台阶前。

突然,我想到了什么,转身就跑。任何一个有理智的人这会儿都会找地方躲起来,而我只想回家。风吹动裙摆,鞋跟咚咚敲打着地面,我跑过操场,跑到街上。咖啡馆里空无一人,只有百叶门在哗啦啦地转动。

家家户户门廊上挂着的瓶瓶罐罐都摇晃个不停,天色越来越暗。我终于看见家了,这时候大雨倾盆而下。奶奶就在那儿,斜着身子,顶着狂风,沿着后院的篱笆墙朝房子走,她怀里好像捧着什么东西,用围裙紧紧裹着。

她看见我,先是大吃一惊,然后指指房子。狂风挟着大雨,从田野里卷来无数干草,晾衣绳被刮得噼啪乱响。我们费了很大劲才走到厨房,浑身上下已经沾满落叶。奶奶叫我走在她前面,去地下室,躲在西南角。

可我不知道哪儿是西南角。除了我,人人都知道一定要躲在地下室的西南角,因为龙卷风总是从那个方向来。运气好的话,房子会从你头顶上被卷走,而不是砸到你头顶上。

她绕到我前面领路。我向来对地下室敬而远之。既然阁楼上有蛇,谁知道地下室又会跑出什么东西来呢?下面是一层泥地,堆着不少玻璃罐。我不禁想象着玻璃飞溅的场面。

西南角上摆着一张破旧的长椅。奶奶一屁股坐下,喘着粗气。我忍不住担心我们会不会一直被困在这儿。奶奶的眼镜片在昏暗的光线下闪着光。

"真不明白,学校到底为什么让你们回家?"奶奶的声音盖过了嗖嗖的风声,"他们应该让你们都躲在学校地下室的桌子底下。"

"是我自己逃回来的。我想……我想回家。"

她能看透我的心思，即使在黑暗里。她知道我是想回来看看她是否安全。"这么多年我都挺过来了。"她说。

可就在这时，她却没法儿让围裙里的东西安静下来。我突然感到一只小爪子在我膝头摩挲，原来是布茜从奶奶腿上爬了过来。奶奶只得打开围裙，四月正眨着一双绿莹莹的眼睛瞅我们呢。"奶奶，您救了它们。"

奶奶不以为意地耸耸肩："响警报的时候，我刚巧在土房子那儿。"

这当然不是实话，我们俩都很清楚。布茜在我怀里钻来钻去，想找个藏身之地。

我们听见呼啸的狂风抽打着树木，听见所有没被固定好的东西都被卷到了半空中。"奶奶，我们会不会——"

突然一阵可怕的巨响，我的脑海霎时间一片空白。好像是一台巨大的打字机啪地直砸到头顶。

"一定是屋顶上钉沥青纸的钉子被刮跑了。"奶奶在我耳边喊道，"好家伙！"

紧接着，一列火车从我们头顶全速驶过。"快趴下！"奶奶把我的脑袋往下一摁，我们俩一齐趴在了小猫身上。布茜被吓得一动都不敢动。

不一会儿,一切又恢复了平静,就连玻璃罐也不再晃动。不知过了多久,我觉得好像过了好几年,警报声才停下来。

我们上楼回到厨房,只见窗外一片灰蒙蒙,和平常的下午没有什么两样。奶奶的草帽依然挂在椅背上。她一把抓过来戴在头上。我跟着她一起走到了门廊上。

一大截沥青纸挂在屋檐边。奶奶往院子里望去。院子里仿佛积了一层薄薄的雪,但其实那是被打落的绣球花瓣。树枝遍地都是。奶奶让我把小猫带回土房子去。"它们在褪毛。"奶奶说,"你去把橡胶靴、手套和撬棍拿来。直着往前走。"

我们出门去镇上。我一边走,一边拨开路上的落叶,幸亏戴着手套,地上到处是烟囱砖、排水管和木桶板。远处传来说话声,也有其他人跑到街上来了。

我们来到耐奎斯老头儿的大院子前。谷仓还稳稳地立在那儿,但是山核桃树的叶子却全掉没了。前门廊和那只经常躲在门廊下的狗已经不见踪影,屋顶也被掀飞了。

我们踩着满地狼藉的杂物,绕到房子后面,走进了厨房。龙卷风来临之前,那儿就是乱七八糟的——水槽里堆着烧煳了的锅子,

地板油腻腻的从来没被清洗过。奶奶小心翼翼地试探着往前走,看地板能不能承受她的重量。

"他睡着呢。"奶奶说着,走上了楼梯。一楼,什么都没有,除了一垛又一垛旧报纸。二楼,天花板塌下半边,压坏了一副铁床架。床架下面正困着耐奎斯老头儿。

一张惨白憔悴的脸,一双失魂落魄的眼睛,看上去我们来得正是时候。撬棍派上了用场,我们就像救援队似的,用力把床架从他身上撬起来。床架上堆了足足有一吨墙泥,周围的墙泥堆得更高。最后,耐奎斯老头儿终于爬了出来,坐在地板上,眼睛直往上翻。我们满头满脸都是白乎乎的墙泥。

"你这老家伙,"耐奎斯老头儿朝奶奶吼道,"你怎么进来的?!"

"你厨房的门都跑到院子里去了,你这怪老头儿!"奶奶毫不示弱地喊道,"我把你家抢空了,你都不知道。"

他一眼看到我们手里的撬棍。"算你能。"他的耳朵一点儿都不聋,虽然他根本没听见警报。

他跟跟跄跄地站起身,活像一个喝醉酒的老拳手。他跌跌撞撞地走到窗前,向外张望。

他眯起眼睛,转过身来,得意地冲奶奶喊道:"到秋天你就会来抢我的山核桃！"

"那我还要来抢你的其他东西！"奶奶回嘴道,"你有本事就把它们全钉死了锁上,你这小气鬼！"

"废话！"他继续吼。

"傻瓜！"她又嚷道。

然后我们就走了。

我是一分钟也待不下去了。走出一条街后,我对奶奶说:"耐奎斯老头儿真讨人厌。"

奶奶点点头:"没人理他。要不是我们救他,他只能在床架下面躺到下届总统上任了。"

的确没有人会上他家去,除了奶奶。

我们朝瓦巴西铁路走去,一路上都得留神被风刮下来的电线。我知道接下来要去哪儿了。我们穿过铁轨,在大谷仓和维奇家的车库前转弯,走过迪瑞家的工具棚,看见艾菲·威尔考克斯太太家的房子还安然无恙,只是大门摇摇晃晃的,只剩下一个铰链了。

不过,也许那门向来就是这样的。我不常到铁路这一边来。威尔考克斯太太的院子里,从工具棚上掉下来的木板散了一地,但她家的门廊并没有被损坏。我们站在大门口,就能把房子里面的情况

看得一清二楚。奶奶放慢脚步,径直走了进去。

威尔考克斯太太的起居室墙上贴着从杂志上剪下来的小狗图片。它们都还贴在老地方。椅子上铺着拼色编织垫。

奶奶一边自言自语,一边在屋子里到处翻找,连床底下都看了。而厨房里,一瓶已经打开的药酒依然立在沥水台上。除此之外,这房子好像完全没有人活动的迹象。

"奶奶,我们是不是应该去地下室看看?"

"她家没有地下室。"奶奶皱着眉头说,然后走到后门口,朝外张望。我看不出外面有什么动静,但我发现在花园另一头有一个地洞,周围种着黄水仙,花瓣全被刮跑了。

奶奶几乎要跌倒了:"茅房没了。会不会她当时正好在茅房里?"

会不会她掉进地洞了?但我立刻打消了这个念头。说不定她就在上茅房时,被风卷到天上,然后飞过大谷仓——这想法也够疯狂的。

这时,我们听见身后的门嘎吱一声被推开了。威尔考克斯太太慢慢从屋里出来,走进厨房,看她的模样和往常没什么不同。她去镇上哪个地方都是这一身围裙、帽子加拖鞋的装束。我们三个站在一起,这厨房已经显得拥挤了。

"你们好哇。"她说,眼光好像落在了我们身上。

奶奶看着她说:"艾菲,你去哪儿了?"

威尔考克斯太太噘了噘嘴,那样子真滑稽:"哦,我不想说。"

奶奶瞪大眼睛说:"我还以为你在茅房里被刮跑了呢。"

"差不多。"威尔考克斯太太说,"警报一响,我就躲到柜子后面了。后来,我憋急了,实在等不到解除警报就跑出去了。可是茅房已经被刮跑了。"

奶奶搓搓额头,说:"你就跑到别人家去用茅房了?"

"对,你家。"威尔考克斯太太说。

我们赶紧往外走,因为如果走得慢些,奶奶准保要对威尔考克斯太太大吼了。这我看得出来,毕竟和奶奶住了一年,对她不可能一点儿也不了解。有时候我觉得自己越来越像她了,我还得时刻提醒自己,不要像她那样说话。而此后这么多年,我做起饭来就和她一模一样。

我们穿过一片狼藉的瓦巴西车站,回到镇上。街上到处是人,大家都在清点自己的财产。太阳莫名其妙地露了脸。"这次还算好。"奶奶总结道。

在怪奶奶家的那一年
A Year Down Yonder

"是不是您小时候的龙卷风要厉害多了?"我故意问她。

她满不在乎地一挥手,说:"今天不过吹了一阵子微风。我小时候有一回刮龙卷风,正好镇上在开露天音乐会。那个吹低音号的一下子被卷起四英尺高,就跟陀螺似的,我们都来不及抱住他。"

我们蹬着橡胶靴,慢慢跋着步,奶奶挥舞着手里的撬棍。

"奶奶,威尔考克斯太太是您最要好的朋友吗?"

"我们是邻居。"她答道。

回到家,我们把院子前前后后收拾干净,一直忙到了天黑。

奶奶说得没错,这次还算好。龙卷风只是从我们镇上轻轻掠过,而对奥克利附近的农场却造成了极大破坏,还摧毁了一座玉米仓库。不过,大家很快就不再提龙卷风的事了,而这一学期也悄悄地进入尾声。

我发现奶奶身上有了一些变化。有时候我说不清究竟是她在变还是我自己在变,但这次绝对是她。虽说她向来不会让自己闲着,可最近她几乎是忙得团团转。刚把房子的角角落落都擦洗过一遍,她又开始进行第二轮春季大扫除。阿诺德·格林已经回纽约了,他要等巴特勒小姐过去,奶奶把他睡过的床垫翻了个个儿,又把他房间里的所有摆设都刷了一遍。

一天下午我放学回家,发现土房子里藏的宝贝有一半被搬到了院子里。我还以为龙卷风又回来了呢。奶奶把头发绾得高高的,正在里面忙得不亦乐乎。不过,除了用过的粘蝇纸,她什么也舍不得扔,所以她不过是把土房子里的东西重新整理一遍。院子里摆着一台车床、一台瓦片切割机、一把圆锯,还有一排雕着玫瑰图案的夜壶。布茜和四月蹲在门廊上,等着奶奶收拾完毕。

我想上去帮忙,她却怒气冲冲地喊道:"快进屋去复习!"其实我们俩都知道,这世上没人能够拯救我的数学,可是她这几天就是坚持不让我帮忙摆餐桌。我真想知道奶奶究竟是怎么了。

毕业的日子终于来临了,典礼在教堂举行。全镇的人都出席了,除了奶奶。巴特勒小姐因为圣诞夜出的岔子,没有再安排合唱。毕业证书由校董会主席阿斯科伯爵颁发,罗伊斯·麦克纳布作为优等生发表了毕业感言。他还获得了伊利诺伊大学尚佩恩校区的奖学金。

学校的晚会就定在那天晚上。我们坐着干草车去鲍曼牧场吃烧烤。男生太少,所以我们也就没有开舞会。

我们所有的学生都坐在一座干草架子上,由两头骡子拉着。有

几个学生太害羞,不肯来参加晚会。约翰逊兄弟就没来。你会觉得这天晚上比刮龙卷风那天还糟糕,如果你是卡琳·乐芙乔的话。

回镇子的路上,不知怎么回事,罗伊斯恰好和我并肩坐在背光的地方。也许这就是命运。

干草车慢慢地往前走,我们晃悠着两条腿。突然罗伊斯不顾有没有人偷听,打破了沉默:"你们家现在怎么样了?"其实他还是不喜欢聊天儿。

"别再提了。"我说。

"不是,我觉得你奶奶是个很有意思的人。"说着,他的手不知为何轻轻触到了我的手,"大家都——"

"罗伊斯,幸好今天她没有一起来。你一定注意到了,几乎每次开晚会她都会来的。不过我们不提她了,行不行?天上没月亮,我们俩坐在一起,卡琳要急疯了。我们还是开开心心地兜风吧。"

"原来你这么爱指挥人?"借着昏暗的灯光,我看见他皱起了眉头。

"谁?我?"我说,"也许吧。"

"如果我从大学给你写信,你会怎么办?"

"我会吃惊得昏过去的。"我答道。突然,我感到他搂住了我的肩膀。"伊利诺伊大学是男女同校的,有许多女生。"我说道。

"你会怎么办?"他追问道,"如果我给你写信。"

"我会回信的。"我说。英娜丽就躲在我们身后的干草堆里,我听见她把我们说的话都报告给了卡琳。

当我头发上带着稻草,回到家里时,我下定决心要和奶奶好好谈谈。她坐在前厅的摇椅上,假装睡着了。她本该回房间去睡,这时候却垂着眼皮,直起了身子。

我走到她身边,她忍不住问道:"怎么?"

"奶奶,我一直在思考。"

"要是数学考试的时候你这么做就对了。"她说。

"奶奶,我不想回芝加哥了。我想留下来和您住。"

这个,她当然知道。爸爸找到工作了。他们在罗杰公园租了一套公寓,妈妈还为我收拾出一间卧室。他们希望这个学期一结束我就能回去。这都在那封信里写得明明白白。

可我却想告诉奶奶,她需要我留下来陪她。如果我不在这儿,如果我看不见她,我会非常担心。但是她却整天做出一副忙得不可开交的样子,故意让我觉得自己妨碍了她似的。这一个星期以来,她一直想让我下决心离开。

"我要用你的床。"她说,"我想办个家庭旅店。希望再来几个纽约小子送房租。"

"奶奶。"

"说不定可以供他们三餐,多挣点。"奶奶侧过脸,目光投向黑暗的隔间。

"奶奶,您很烦我吗?"

我不该这么说。我毕竟是她的孙女,她教会了我那么多东西,但此时我只想说服她。

她用手掩住嘴,那双操劳了一辈子、疤痕累累的手上有爷爷留下的金戒指在骨节间闪着光。

"如果我让你留下,你爸会怎么想?"她沉默了一会儿,说,"我可不希望你妈生我的气。"

"奶奶,妈妈怕您。她向来怕您,您也知道。"

"怕我?"奶奶诧异极了,"她是堂堂芝加哥人,我只是个乡下老婆子。"

现在,她终于能转过脸来看我了,虽然眼睛湿湿的有点儿红。"你把小猫带走。我留着那只母猫。"她说,"你回自己家去。没关系。我的门不上锁。"

那就是说,我随时都能回到这里。而她让我走。她知道,对我来说,下这样的决心有多难。她知道我的心,她知道。

她心底有一双眼睛。

从此以后

A Year Down Yonder

我的婚礼是在奶奶家的前厅举行的。那天阳光明媚,天气很暖和,奶奶已经收好了火炉,隔间的窗子敞开着,窗外的绣球花在风中摇曳。

这是第二次世界大战的最后一年,你真想象不到当时的状况。战争让人们天各一方。乔伊驾驶B-17"空中堡垒"轰炸机去了德国,真叫我担心。爸爸在西雅图波音公司工作,妈妈和他一起住在那儿。交通几乎断绝,他们不可能来参加婚礼,就连新郎的家人也没能赶来。

其实在芝加哥结婚更方便。我还住在罗杰公园的公寓里,每天早上搭地铁去论坛报大厦当实习记者。我写的那些《本地趣闻》到底发挥了作用。但我希望能在奶奶家举行婚礼,虽然那样就必须乘战时火车,坐在车厢走道里的行李堆上。

我把配给定额省下来,在马歇尔·菲尔德公司的地下商城买了一双新鞋、一套新裙子。虽然结婚的时候,我有帽子和手套戴,但却光着两条腿。因为那时候你无论如何都没法儿找到一双丝袜。

婚礼非常仓促,因为新郎三天后就要上战场。

奶奶烤了结婚蛋糕。那时候糖很难找,但她却总有办法。她从院子里摘来铃兰和萝卜花,用镂花纸巾扎成一束新娘花球。她穿上印花长裙,那是她很多年以前去集市时穿的。

教堂的鲁兹牧师站在摇椅边,主持了婚礼。他问由谁来把新娘交给新郎,奶奶说:"我。"

她把我的手交到新郎手里,然后转过脸去,望着隔间窗外的晴空,悄悄眨了眨眼睛。这时候,我恰好回过头去,看到了她的表情。然后,鲁兹牧师宣布,我和罗伊斯·麦克纳布结为夫妇。

从此以后,我们过着幸福的生活。

译后记

1937年的美国，经济大衰退让每一个人都感受到生活的艰难，芝加哥女孩玛丽·爱丽丝也不例外。因为父亲失业，哥哥被派去西部工作，她不得不独自一人去伊利诺伊州乡下和奶奶同住。

从大城市来到一个人人都互相认识的小镇，玛丽一时无法适应：萧条的街道、简陋的校舍、俗气的同学、爱探听别人家隐私的邻居……而最令她头痛的却是自己的奶奶。真的，再也没有比这位奶奶更另类的了，不信就请先看看她的部分战功：巧施声东击西之计，帮助玛丽摆脱了大个子女生米德瑞德·波迪克的无理纠缠；设下迷魂阵，击退了几个捣蛋男孩的万圣节"攻势"，保卫了自家的茅房；深夜潜入邻居家"借得"山核桃和南瓜，再做成派，把全镇人都"喂"得心满意足。

如果要给奶奶画肖像，那一定是这样的：目光犀利，嘴角紧绷，仿佛一眼就能看穿你的心思，一开口就能点中你的要害；满头银发绾在脑后，可总有一缕桀骜不驯地钻出来；身材高大，系着镶荷叶边的围裙；粗大的双手握着一支猎枪。什么？围裙加猎枪？没错，因为奶奶既是能干的主妇，又是高明的猎人。从樱桃馅儿饼、脱脂牛奶到碱性肥皂，甚至玛丽的演出道具，任何东西，只要是出自她的双手，就必然令人赞叹；而无论枪法、耐心、经验，还是敏捷的身手，奶奶都不输给真正的猎人。

奶奶是小镇名人，不仅是因为高人一筹的厨艺和枪法，更是因为特立独行的作风。她斤斤计较又慷慨大方，铁石心肠却又有一副侠肝义胆。她把房间租给受政府资助的纽约画家，逼他把薪水的一大半交出来付租金；她在休战日纪念活动上强势"推销"杂烩汤，狠狠敲了吝啬的银行家一记竹杠，但最后把赚来的钱悉数交给阿贝纳西太太和她的儿子，后者在残酷的战争中受伤，只能在轮椅上浑浑噩噩地度过余生；对骄横的银行家太太，奶奶不卑不亢，巧妙地揭穿了这位"名门贵妇"的身世真相，令其颜面扫地；对老朋友耐奎斯老头儿和威尔考克斯太太，奶奶尽管时常冷嘲热讽，但龙卷风后又立即赶去探望他们，还从废墟底下救出了孤寡老头儿耐奎斯……

玛丽刚来的时候，对奶奶的"霸道"很是不满，但又无可奈何。她一下火车，就被奶奶不由分说地"押"进学校，连在孤独旅途中陪伴她的小猫也被赶出了屋子；无数次，她被奶奶从床上拖起来，干一些令她这个城市女孩瞠目结舌的活儿：擀面皮、走远路、深夜踏雪去郊外捉狐狸。但渐渐地,她越来越佩服奶奶,越来越感受到奶奶严厉背后的慈爱,祖孙俩的感情也越来越深厚。直到一年后,当父母经济情况有所好转,想让她回家时,她已经不愿意离开奶奶了。

在乡下的这一年是玛丽成长过程中无法替代的一页,因为她学会了克服一切困难的秘诀,那就是冷静和乐观,如同应对那场突如其来的龙卷风,只要泰然处之,就一定能找到办法安然度过。而冷静和乐观来源于自信。自信并不是自以为是的装酷,而是像奶奶在慈善活动上的表现,既敢于逼富人多掏腰包,也绝不会让穷人感到窘迫——自信就是在强者面前不怯懦,在弱者面前不傲慢。

在凡事大惊小怪、喜欢议论别人隐私的小镇居民中间,奶奶虽然显得格格不入,但她其实又是小镇性格的绝佳代表。闭塞的环境、艰辛的生活,并没有使小镇人消沉,相反,他们总是以幽默和豁达来面对挫折。尽管玛丽直到最后也没有真正融入小镇,但不能不说这种幽默和豁达已经深深融入到玛丽的性格中。

小镇故事不是童话,却有一个童话般的结局。也许,只要有乐观的精神,再困难的境遇也可以像童话一样美好。